Frischfleisch war ich auch mal

Matthias Gerschwitz

Frischfleisch
war ich auch mal

Vom Wandel der Zeiten

Mit Illustrationen von Bernd Zeller

Die Deutsche Nationalbibliothek verzeichnet diese Publikation in der Deutschen Nationalbibliografie; detaillierte bibliografische Daten sind im Internet über http://dnb.dnb.de abrufbar.

Dieses Buch ist auch als E-Book erhältlich.
Auch als Hörbuch erhältlich: matthias-gerschwitz.de/frischfleisch

© Juni 2017 (Neuausgabe) Matthias Gerschwitz
ISBN: 978-3-74481-654-0
Herstellung und Verlag: Books on Demand GmbH, Norderstedt
Lektorat: Dr. Wolf Borchers, Andreas Schultz
Illustrationen: Bernd Zeller | www.bernd-zeller-cartoons.de
Covergestaltung: Matthias Gerschwitz | www.gerschwitz.com
Satz und Layout: Heinz W. Pahlke | www.pahlke-online.de
Gesetzt aus der Jenny und der Florence Script.

»*Das Fleisch ist willig, aber der Geist ... der Geist!*«

Matthias Gerschwitz

Inhalt

Vorwort

»*In Würde altern?* ›*In Anstand jung bleiben* heißt die Devise*«*, lässt der Schweizer Kabarettautor Werner Wollenberger die Titelheldin seines von der Kabarettistin Ursula Herking so unvergleichlich interpretierten Textes »Institut de Beauté Olivia Kosmetova« ausrufen, als ihr eine befreundete Schauspielerin von einem neuen Rollenangebot berichtet. Und sie setzt nach: »*Selbstverständlich kannst Du die* ›*Ophelia* spielen. *Zweiundsechzig ist doch heute kein Alter mehr für eine Frau!*«

Recht hat sie! Zweiundsechzig ist heute wirklich kein Alter mehr für eine Frau. Nur – ob man in diesem Alter noch angemessen die »Ophelia« spielen sollte – immerhin die Geliebte des dänischen Prinzen Hamlet –, darf in Frage gestellt werden. Zwar legt sich der englische Dichterfürst nicht explizit auf das Alter seiner Figur fest, jedoch schätzen sie Literaturexperten auf ein Alter zwischen sechzehn und fünfundzwanzig Jahren – also weit, weit von zweiundsechzig entfernt. Auf der Suche nach einer glaubwürdigen Begründung führt der Weg allerdings *stante pede* zu einer anderen großen Kabarettistin, Helen Vita. Sie moderierte 1990 einen Vortrag mit den folgenden Worten an: »*Für das nächste Chanson müssen Sie sich vorstellen, dass ich sechzehn Jahre alt bin!*« Das unausweichlich folgende große Gelächter kommentierte sie nur mit: »*Lachen Sie nicht! Letztes Jahr ging das noch, da war ich einundsechzig Jahre alt, da musste man nur die Zahlen umdrehen!*« Die Ära, als Frauen dem 3K-Prinzip – Kirche, Küche, Kinder – huldigen mussten, ist lange vorbei ... und nicht nur Frauen versichern sich heute mit Sprüchen wie »*Lieber würzig mit vierzig als ranzig mit zwanzig*«, dass jedes Alter, speziell das eigene, die *besten Jahre* seien. Es müssen die besten Jahre sein! Hießen Senioren im Marketingsprech sonst *Silver Agers* oder sogar *Best Agers*? Und werden deshalb mit Angeboten überhäuft, die noch vor wenigen Dekaden für unmöglich gehalten worden wären?

Mit siebzig Jahren die Welt umsegeln? Gerne.

Mit fünfundsiebzig Jahren zum Trekking nach Tibet? Bitte sehr.

Mit achtzig Jahren nach Dubai? Kein Problem.

Oder, wie eine Berliner Autohändlerin und Rennfahrerin, auf den Spuren von Clärenore Stinnes per Auto die Welt umrunden? Warum nicht? Selbst die Tatsache, dass die Tochter des einflussreichen deutschen Unternehmers bei ihrem Aufbruch zu ihrer zweijährigen Tour 1927 erst sechsundzwanzig Jahre alt war, die genannte Autohändlerin bei ihrer Abfahrt 2014 allerdings schon siebenundsiebzig Lenze zählte, ist vernachlässigbar. Im Frühjahr 2017 wird sie nach rund 80.000 zurückgelegten Kilometern wieder in Berlin eintreffen. Im Alter aktiv zu bleiben, gehört zum guten Ton. Aber wird das gesellschaftlich auch anerkannt, wenn man nicht prominent ist? Und vor allem: Hält man sich selbst daran?

Auf der anderen Seite steht die Erkenntnis, dass man mit fünfzig nur schwerlich eine neue Arbeitsstelle findet oder als gereifte Ehefrau Gefahr läuft, durch eine jüngere Nachfolgerin ersetzt zu werden. Oder in der schwulen Welt schon mit fünfunddreißig Jahren zum alten Eisen gehört. Ist es da verwunderlich, dass nicht wenige schwule Männer niemals älter, und erst recht nicht älter als neunundzwanzig werden – zumindest in ihrer virtuellen Selbstdarstellung? Frauen gegenüber hingegen ist es ein Kompliment, ihnen ungeachtet ihres wahren Alters immer wieder zum Erreichen des neununddreißigsten Lebensjahres zu gratulieren – natürlich nur unter der Voraussetzung, dass sie dieses Lebensjahr bereits tatsächlich hinter sich gelassen haben. Und die Werbung tut ein Übriges: Die Haarpflegemarke »Plantur 39« zum Beispiel wird offiziell als Haarpflege für Frauen ab vierzig beworben. *Honni soit qui mal y pense ...*

> *»Eine Frau kann mit neunzehn entzückend, mit neunundzwanzig hinreißend sein, aber erst mit neununddreißig ist sie absolut unwiderstehlich. Und älter als neununddreißig wird keine Frau, die einmal unwiderstehlich war!«*
>
> *(Coco Chanel)*

Wer die Kunst, jung zu bleiben, beherrschen will, sollte sich erst einmal seines tatsächlichen Alters entsinnen. Die französische Schriftstellerin und Feministin Simone de Beauvoir, langjährige Lebensgefährtin Jean-Paul Sartres, hat das so formuliert: »*Altern heißt, sich über sich selbst klar zu werden*«, denn Jugend ist nichts Ewiges, sondern etwas Vergängliches. Erst dann lohnt es sich – wie es so schön heißt – »*so alt zu sein, wie man sich fühlt.*«

Die folgenden Geschichten, Anekdoten und Gedanken – teils biographisch, teils dem Leben abgeschaut, teils trotz allem reine Fiktion – mögen zur Selbstfindung und zur Reflexion über den Wandel der Zeiten, dem sich niemand verschließen kann, beitragen. Und der vergnüglichen Unterhaltung dienen. Schließlich sind es ja immer nur die Anderen, die älter werden ...

Aller Anfang ist schwer

Aller Anfang ist schwer: Rom wurde bekanntlich nicht an einem Tag erbaut, die Erschaffung der Welt dauerte – je nach Quellenlage – sieben Tage, und man munkelt zum Zeitpunkt der Veröffentlichung dieses Buches, dass in Berlin niemand die Absicht habe, einen Flughafen zu eröffnen.

Und mein Anfang?

Ich hatte zwei *erste Male* innerhalb von sechs Wochen – und beide gingen schief. Nun wird dem *ersten Mal* ja nachgesagt, dass es keine Garantie auf Gelingen gebe – wie heißt es so schön: »*Beim ersten Mal, da tut's noch weh ...*« – aber wenn es gleich zwei Mal daneben geht, macht man sich doch so seine Gedanken. Im Nachhinein betrachtet ist aber trotz dieses Umstandes aus mir etwas geworden. Vielleicht sogar erst deshalb? Tröstlich ist es auf jeden Fall.

Der Exkurs in meine Jugend beweist, dass die Aussage Bertolt Brechts in der *Ballade von der sexuellen Hörigkeit* stimmt: »*Man soll den Tag nicht vor dem Abend loben*«. Da meine *ersten Male* aber abends bzw. nachts stattfanden, müsste es dann hier wohl eher heißen, dass man das Lob der Nacht nicht vor dem nachfolgenden Tag anstimmen dürfe. Aber sei's drum. Ich entsinne mich noch des verständnislosen Gesichts meiner Mutter, die morgens um sieben Uhr die Haustür verschlossen, den Schlüssel von innen im Schloss steckend und mich schlafend im Bett – aber unerklärlicherweise frische Brötchen in der Küche vorfand. Ich habe sie lange nicht über die Zusammenhänge aufgeklärt. Schließlich war das ja das zweite *erste Mal* und hatte mit einem Herrn der Schöpfung stattgefunden. Bei solchen Neuigkeiten fällt man eben nicht mit der Tür ins Haus, sondern verschließt sie leise und schleicht auf Zehenspitzen ins Schlafgemach.

Nach zwei *ersten Malen* war mir aber trotzdem noch nicht klar, wie es weitergehen werde. Deswegen gab es nach dem ersten *ersten Mal* weitere, wenn auch letztlich nur an einer Hand abzählbare heterosexuelle Versuche, bevor ich endgültig der *Stimme der Natur* folgte, die ich allerdings erst spät vernommen hatte. Die Sexualaufklärung der frühen siebziger Jahre hatte noch sehr zu wünschen übrig gelassen und war, wenn überhaupt, ausschließlich auf Heterosexualität ausgerichtet. In meinem Gymnasium nicht einmal das. Auch meine Eltern sprachen niemals mit mir über Sexualität. Ich bezog meine Kenntnisse aus einem kleinen Bändchen mit dem ahnungsvollen Titel *Woher kommen die kleinen Buben und Mädchen?*, erstmals im Jahr 1961 von dem Pädagogen und Psychotherapeuten Kurt Seelmann veröffentlicht, aber wirklich aussagekräftig war auch dieses Buch nicht. Zu verschämt und verklemmt war die Zeit. Daher konnte die erwähnte Stimme der Natur zunächst gar nicht zu mir vordringen.

Insofern zeigt mein Lebensweg, dass Homosexualität keine Krankheit, keine Prägung und keine Folge fehlerhafter Erziehung ist.

Man wurde in dieser Zeit mit solch existenziellen Problemen alleine gelassen und musste den Weg selbst suchen. Daher vergingen Jahre, bis ich mir selbst eingestand, *anders als die Anderen* zu sein – und noch länger dauerte es, bis ich mich tatsächlich outete; Jahre, die ich, wie so viele Homosexuelle vor und auch noch nach mir, einer vorherrschenden realitätsfremden Meinung opfern musste.

Trotzdem bin ich nicht daran gescheitert, denn ich hatte das Glück, von meinen Eltern jenseits der Sexualaufklärung zu Selbstbewusstsein und Stärke erzogen zu werden, Eigenschaften, die mir auch im Umgang mit der Sexualität halfen. Und das war damals wohl eher seltener die Regel, sonst gäbe es heute nicht immer noch so viele verkrampfte Tabuisierungen.

Aller Anfang ist schwer – so auch beim Coming-Out. Die Reaktionen waren genauso vorhersehbar wie überraschend. Meine Eltern waren sprach- und hilflos, die meisten meiner Geschwister nicht einmal verwundert. Nur aus einer familiären Ecke hörte ich: *»Meine Söhne sind für Dich tabu!«*, was das Verhältnis schlagartig zu einem Eisblock gefrieren ließ. Die Frage meiner Mutter: *»Was sollen denn die Nachbarn sagen?«*, ließ ich nur ein einziges Mal zu. Was die Nachbarn zu sagen hatten, war mir herzlich egal. Die Kommentare im Freundeskreis reichten von *»Ja und?«* bis zu *»Wenn das so sein sollte, tut mir das sehr leid für Dich, aber dann können wir nicht mehr befreundet sein«*. Dem letztgenannten Wunsch bin ich sehr gerne nachgekommen.

Aber Anfänge beschränken sich nicht nur auf Sexualität. Jeden Tag, jede Woche, jedes Jahr fällen unendlich viele Menschen Entscheidungen, die sie wieder an einen Anfang bringen. Eine neue Beziehung, ein neuer Job, eine neue Umgebung. Der Beginn eines Lebens ohne einen geliebten Menschen, die plötzliche Verantwortung für ein Vermächtnis, der immer neue Kampf gegen Diskriminierung, Ignoranz und Vorurteile. Dank meiner Erziehung zu Selbstbewusstsein und Stärke lernte ich früh, zu mir zu stehen und mich zu wehren. Selbst heute muss ich mir noch gelegentlich homophobe Beleidigungen – zumeist von Männern – anhören, aber ich kann ihnen mit meinem Erfahrungsschatz begegnen und dem Gegenüber locker entgegenhalten, dass ich wohl mit mehr Frauen geschlafen habe als er mit Männern. Interessanterweise zeichnet sich als Reaktion auf diese Einlassung zumeist ein großes Fragezeichen auf der Stirn des Kontrahenten ab, was seine beschränkte intellektuelle Kapazität offenlegt. An dieser Stelle muss ich dem ansonsten hochgeschätzten Johann Wolfgang von Goethe widersprechen, der 1815 in einem Sonett behauptete: »*In der Beschränkung zeigt sich erst der Meister*«. Geistige Beschränkung ist alles andere als meisterhaft.

Aller Anfang ist schwer: Rom wurde bekanntlich nicht an einem Tag erbaut, die Erschaffung der Welt dauerte – je nach Quellenlage – sieben Tage, und man munkelt zum Zeitpunkt der Veröffentlichung dieses Buches, dass in Berlin niemand die Absicht habe, einen Flughafen zu eröffnen. Aber wäre nicht die Absicht, etwas beginnen zu wollen, bereits der erste Schritt auf dem Weg? Der griechische Dichter Hesiod wusste lange schon vor unserer Zeit: »*Vor das Gedeihen jedoch haben die ewigen Götter den Schweiß gesetzt.*

Lang und steil ist der Pfad dorthin und schwer zu gehen am Anfang.
Kommst du jedoch zur Höhe empor, wird er nun leicht, der anfangs
so schwer war«, heißt es in seiner Schrift *Werke und Tage* aus dem
siebten Jahrhundert vor Christus. Der Volksmund hat es da einfacher: *»Auch der längste Weg beginnt mit dem ersten Schritt«* oder
»Auch die schwärzeste Stunde hat nur sechzig Minuten« sollen ermu-
tigen, dass man den Anfang wagen kann, wagen soll, auch wenn
er gefährlich scheint. Dass Veränderungen wichtig sind, dass man
alte Gewohnheiten loslassen muss, um neue Ziele zu erreichen.

»Und jedem Anfang wohnt ein Zauber inne, der uns beschützt
und der uns hilft, zu leben«, verspricht Hermann Hesse in seinem
Gedicht *Stufen*. Man kann den Zauber des Anfangs gar nicht oft
genug genießen.

Abstieg in die Vergangenheit

Sommer 2009: Es ist fast fünfundzwanzig Jahre her, dass sich diese Tür das letzte Mal vor meinen Augen öffnete. Ich wage einen Schritt nach vorn in die Vergangenheit.

Vor einem Vierteljahrhundert bin ich das letzte Mal in diesem Haus gewesen; dem Haus, in dem ich aufgewachsen bin. Ich wohnte schon damals nicht mehr dort, aber als meine Eltern 1984 in eine andere Wohnung zogen, hatte ich mit ein paar Freunden den Umzug organisiert. Und auch alles, was sich hinter dieser Tür befand, vor der ich jetzt stehe, in Kisten, Säcken und Tüten in die neue Wohnung oder auf den Müll gebracht. Ein Stuhl war dabei, irreparabel. Aber ich sah mich noch als Steppke auf ihm am Esstisch sitzen. Ein schlichtes Holzgestell mit einem Sitz aus Korbgeflecht. Er ging damals wie so Vieles den Weg allen Fleisches bzw. Holzes; einer meiner Freunde warf ihn mit Begeisterung in die Sperrgutschere der städtischen Müllverbrennungsanlage und konnte sich gar nicht mehr beruhigen, wie das stählerne Ungetüm das Möbelstück zermalmte, als sei es aus Zahnstochern gefertigt. Warum denke ich gerade an diese Szene, als ich vor dieser Tür stehe? Wahrscheinlich, weil die Sperrgutschere das kräftigste Bild der Erinnerung ist und sich die leuchtenden Augen des Freundes in die interne Festplatte namens Gedächtnis eingebrannt haben.

»*Wollen wir?*«, höre ich eine Stimme.

Ich schrecke aus meinen Gedanken hoch und schüttele mich ein wenig, als wolle ich den Staub der Erinnerungen loswerden.

»*Klar!*«

Mit einem Quietschen öffnet sich die Tür. Neonlicht flammt auf. Verglichen mit der Ausbeute zweier unscheinbarer Glühlampen zu meiner Jugendzeit erscheint es wie Flutlicht. Eine Stimme mahnt zur Vorsicht, dann steigen wir langsam die aus Stein gehauenen Stufen in den Keller hinab. Ja – in einen richtigen Keller, in ein richtiges Gewölbe, immer noch feucht, kühl und modrig riechend. Und mittlerweile über einhundertsechzig Jahre alt. Auf der vierten Stufe ziehe ich – selbst nach fünfundzwanzig Jahren immer noch wie gewohnt – den Kopf ein. Es gibt eben Dinge, die man nicht vergisst.

Regale stehen an den gemauerten Wänden, dort, wo zu meiner Zeit die ausgemusterte Esszimmeranrichte ihr Gnadenbrot bekommen hatte. Statt des Familiensilbers und des Sonntagsgeschirrs musste sie nun Schrauben, Dübel, Werkzeuge und allerlei Krimskrams beherbergend ihr freudloses Dasein fristen. Für Dinge, für die es in der Wohnung keinen Platz mehr gab, die aber zu schade zum Wegwerfen waren – wobei sich die Halbwertszeit der meisten dort aufbewahrten Gegenstände dem Gesetz der steten Feuchtigkeit zu unterwerfen hatte. Daneben stand ein alter Schrank, der, seiner Tür beraubt und mit wachstuchbelegten Regalbrettern ausgestattet, Heimat des Nahrungsmittelvorrats war. Fein säuberlich geordnet standen gekaufte und selbst eingekochte Konserven neben Flaschen von Essig, Öl und Tomatenketchup. Rechts daneben ein halbhohes Regal, ebenfalls mit kellertauglichen Lebensmitteln gefüllt. Gegenüber die riesige Kiste, in der mindestens ein Zentner Kartoffeln eingelagert werden konnte. Und daneben der Durchgang zu einem kleinen Raum, der ganz früher noch mit dem in der Etage darüber stehenden Kohleofen verbunden war; hier wurden wohl, wenn ich mich recht an alte Erzählungen erinnere, die Aschereste des fossilen Heizmaterials aufgefangen. Seit dem Einbau einer Gasheizung aber barg er die Schätze des sich selbst als *vinophil* bezeichnenden Vaters. Weißweine aus Rheinhessen, Rotweine aus der Pfalz, jeweils temperaturident zum Verzehr freigegeben.

Weißwein kühlen – warum?

Rotwein atmen lassen? Keine Zeit!

Flaschen von den damals weithin bekannten Versand-Weingütern *Ferdinand Pieroth* oder *Jakob Gerhardt*, jenen Fließbandproduzenten vergorenen Traubensaftes nicht immer zweifelsfreier Qualität, die der Massenhaltung hilf- und rechtloser Weinreben geschuldet war. Dazwischen immer wieder mal die *crème de la crème* damaligen Genussverständnisses: hier eine Beerenauslese, dort ein Eiswein … und an anderer Stelle wiederum eine Spätlese, deren Süße mancher Colasorte zur Ehre gereicht hätte: »*Alzeyer Galgenberg*«, welch programmatischer Name. Und doch geht er zu weit: Trinkt man Weißwein statt gut gekühlt bei Zimmertemperatur, steigt er zwar erfahrungsgemäß deutlich schneller zu Kopf, aber er führt im Gegensatz zur Verheißung des Lagennamens nicht zum vorfristigen Lebensende. Über den Umfang des Hauptes am nächsten Morgen wäre allerdings an anderer Stelle zu diskutieren.

Anlässlich meiner Konfirmation 1974 überraschte mich mein Vater mit einer Flasche »Alzeyer Galgenberg« des Jahrgangs 1959, meines Geburtsjahres, die er mit großer List vor seinen gelegentlich weinkellerplündernden Kindern hatte verbergen können. Eine Geste, die ich erst später zu begreifen verstand. Natürlich wurde sie zur Feier des Tages geöffnet und geleert. Heute, da ich diese Erinnerung notiere, packt mich der Wissensdurst, und ich google. Tatsächlich, es gibt ihn noch, den Wein meiner Erinnerung. Die Flasche 1959er »Alzeyer Galgenberg«, die beim Kauf 1960 die unglaubliche Summe von etwa fünf Mark gekostet haben muss, steht sechsundfünfzig Jahre später für etwa neunzig Euro zum Verkauf. Ich lächele und erhebe mein Glas mit gut gekühltem *Pinot Grigio* auf die Vergangenheit.

Die Geschichte des Hauses seiner Jugend veröffentlichte Matthias Gerschwitz 2010 im Buch »Das Haus in der Kaiserstraße« (ISBN 978-3-8391-2198-6).

»Wirklich reich ist,
wer mehr Träume in seiner Seele hat,
als die Realität zerstören kann.«

Verfasser unbekannt

Was ist Glück? –
Der Versuch einer Beschreibung

›Glück gehabt!‹, dachte ich jüngst, als ich vom Tiefgeschoss des Leipziger Hauptbahnhofes kommend innerhalb weniger Minuten tatsächlich meinen Anschlusszug am anderen Ende der Bahnhofshalle erreichte. Als ich nach Luft schnappend auf das Polster sank, schoss mir die Frage durch den Kopf: ›War das wirklich Glück oder war das etwas Anderes?‹

In den meisten Fällen ist das, was Menschen mit Glück bezeichnen, die Folge einer erbrachten Leistung. Dass ich meinen oben erwähnten Zug erreichte, war einerseits dem Wissen um den Fahrplan, andererseits aber auch meiner Schnelligkeit und meiner Zielstrebigkeit geschuldet. Insofern hatte ich kein Glück, sondern wurde für eine erfolgreich absolvierte Leistung belohnt.

Wer sagt, dass er mit seinem Partner Glück hat, stellt sein Licht unter den Scheffel; denn offensichtlich wurde und wird die Beziehung intensiv gepflegt, sonst wäre sie vielleicht schon zerbrochen.

Mit seinen Kindern Glück zu haben, bedeutet vorrangig, seine Wertvorstellungen und Lebenserfahrungen in einer gelungenen Erziehung weitergegeben zu haben.

Und das *Glück*, eine gutdotierte Arbeitsstelle zu besetzen, verdankt man oft eher der eigenen besseren Qualifikation gegenüber anderen Bewerbern.

Was also ist Glück?

Der Chinese Lao Tse sah das wahrhafte Glück in der Untätigkeit. Für die griechischen Philosophen Sokrates, Platon und Aristoteles führte der Weg zum Glück über Tugend und Untadeligkeit. Dem ebenfalls aus Griechenland stammenden Philosophen Epikur genügte das Erleben von Lust und die Abwesenheit von Schmerz. Heute nennt man das *Hedonismus* und findet es rücksichtslos und egoistisch.

Viele Menschen glauben, dass *Glück* die eine Hälfte eines Wortpaares sei und damit nur die Abwesenheit von *Pech* beschreibt. Und umgekehrt natürlich auch. Diese entweder/oder-Regel hält jedoch der näheren Betrachtung nicht stand, sonst würde sich jeder Mensch vierundzwanzig Stunden am Tag im Stadium des Glücks oder des Pechs befinden. Die Wahrheit liegt – wie so oft – auch hier in der Mitte: Das Leben verläuft in völlig normalen Bahnen, wenn der Mensch weder sein Glück genießen darf noch sein Pech beweinen muss. Wobei Glück und Pech durchaus dicht beisammen liegen.

»Glück ist das einzige, das sich verdoppelt, wenn man es teilt«, behauptet der Volksmund und vergisst dabei gerne, dass es *das Glück* als Absolutismus gar nicht gibt, gar nicht geben kann, denn jeder Mensch versteht unter Glück etwas Anderes. Für den einen ist es Geld, für den anderen sind es wahre Freunde oder die perfekte

Partnerschaft, ein dritter findet Erfüllung in seinem Beruf oder mit einem Hobby. Von dem österreichischen Dirigenten Karl Böhm stammt der Ausspruch »Glücklichsein ist ein Maßanzug. Unglückliche Menschen sind jene, die den Maßanzug eines anderen tragen wollen.« Die Glücksforschung hat herausgefunden, dass nicht Status, Geld, Intelligenz oder Alter für das Glück verantwortlich sind, sondern die Art und Weise, wie man sein Leben an sich stetig wechselnde Verhältnisse anpassen kann. Liegt Glück also in der Veränderung und gleichzeitig in der Reaktion auf die Veränderung?

Die Unabhängigkeitserklärung der Vereinigten Staaten von Amerika definiert das Streben nach Glück als Grundrecht des Menschen. Was heute wie eine Floskel klingt, war im achtzehnten Jahrhundert fast revolutionär. Die Menschen, die sich von der *Alten Welt* in die *Neue Welt* aufmachten, um ihr Glück zu suchen, waren mit ihren bisherigen Lebensumständen – vorsichtig formuliert – nicht zufrieden gewesen. Ihnen war Glück und Erfolg versagt worden, zumeist und vor allem, weil sie einer gesellschaftlich niederen Schicht angehörten. Mit dem Aufbruch in ein neues Leben – oder, um es in der Sprache der Bremer Stadtmusikanten zu sagen: »*Etwas Besseres als den Tod finden wir allemal*« – hatten sie beschlossen, dass niemals mehr ein anderer Mensch über das eigene Sein, Werden und Wollen – und damit auch über das eigene Glück und das Streben danach – bestimmen sollte. Aber kann man wirklich nach Glück streben?

Da es kein absolutes Glück gibt, kann das Streben danach lediglich in dem Versuch bestehen, einen einmal mit Glück verbundenen

Zustand wieder und wieder neu zu erschaffen – und sich damit mit einem *gebrauchten,* weil bereits bekannten und vorhersehbaren Gefühl zufriedenzugeben. Das wahre Glück hingegen ist wirklich immer wieder neu und kommt manchmal erstaunlicherweise sogar an den Orten, an denen man es vermutet. Aber es kommt nicht auf Bestellung. Glücklich sein kann ohnedies nur der, der mit sich selbst im Reinen ist. Wer sich selbst mag, wird mehr Glücksmomente empfinden als jener, der sich ständig seine Schwächen bewusst macht.

Und doch ist Glück oft nur ein Moment, ein flüchtiger Moment. Er dauert eine Sekunde, eine Zehntelsekunde oder vielleicht sogar nur eine Hundertstelsekunde ... und er geht vorbei, wenn man ihn nicht erkennt oder wenn er nicht genügt. Denn die Ansprüche sind hoch. Dabei ist das wahre Glück oft ganz einfach – und oft auch ganz einfach zu finden.

Für meine Nichte Anna zum Beispiel ist es das größte Glück, wenn sie mit ihrer Mutter an der Haltestelle *Deutzer Freiheit* in Köln vorbeigeht und genau in diesem Moment eine U-Bahn aus dem Tunnel kommt. »*Glück!!!!!*« ruft sie dann mit strahlendem Blick und stimmt ein Freudengeheul an, das seinesgleichen sucht. Anna ist Autistin und braucht in fast allen Lebensbereichen Hilfe. Aber wo das Glück wohnt, das weiß sie. Dazu braucht sie keine Hilfe. Das wahre Glück muss man einfach nur zulassen.

Tanzstundenkind

In Spanien sagt man, der Tango sei beides: heute ein Schwur und morgen Verrat. Kann sich das auf Kinder auswirken, die unter dem Einfluss des Tangoschritts gezeugt wurden?

Diese Frage bewegt mich schon lange, denn ich bin ein Tanzstundenkind. Meine Eltern nahmen 1958 privaten Tanzunterricht bei Max Waluga, einem *Grandseigneur* des Parketts. Und in Solingen eine Institution, schließlich hatte er seine Tanzschule schon 1929 gegründet. Nach seinem Tode 1977 führte seine zweite Frau sein Lebenswerk fort und übernahm auch das cremefarbene *Borgward Isabella Coupé*.

1958 brachte Max Waluga meinen Eltern und zwei befreundeten Ehepaaren in privatem Rahmen das Tanzen bei. Zu jener Zeit war, wie viele andere Dinge auch, der Tanz noch keusch. Klammerblues gab es noch nicht, und »*Schiebe- und Wackeltänze*« waren seit den zwanziger Jahren verpönt oder gar verboten. Das Tanzprogramm bestand aus den Standardtänzen Quickstepp, Slowfox, langsamer und Wiener Walzer sowie Tango. Dazu kamen noch die lateinamerikanischen Rumba, Cha-Cha-Cha und Paso Doble. Welcher dieser Tänze dazu führte, dass ich gezeugt wurde, ist unbekannt. Aber der Tanzunterricht muss aphrodisische Gelüste geweckt haben, denn die Anzahl der Erdenbürger vermehrte sich entsprechend der Anzahl der teilnehmenden Paare. Im Abstand von jeweils etwa sechs Wochen – ich bezog dabei die zentrale Position – erblickten 1959 drei Söhne das Licht der Welt.

Eigentlich kann das nicht verwundern. Schließlich war früher die Tanzschule das, was heute ein nach Gummibärchen schmeckender Energy-Drink von sich behauptet: Sie beflügelte. Sie beflügelte Geist und Sinn, Körper und aufkeimende Erotik. Es war einer der wenigen Orte, an denen man ungestraft zarte Bande zum anderen Geschlecht knüpfen konnte, denn man durfte den Partner bzw. die Partnerin ganz offiziell und mit Erlaubnis der Etikette anfassen.

Ein Einschub an dieser Stelle zur Ehrenrettung meiner Eltern: Sie kannten sich natürlich schon länger ... immerhin bin ich ihr sechstes Kind. Und als ich geboren wurde, waren sie bereits dreizehn Jahre verheiratet. Aber als sie in dem Alter waren, in dem man üblicherweise Tanzunterricht nimmt, hatten sie für derartige Vergnügungen wenig Sinn und Zeit, denn die damalige Welt sah nicht nur auf dem gesellschaftlichen Parkett sehr viel anders aus.

Noch zu meiner Zeit legte die Tanzstunde den Grundstein zum Kontakt mit dem anderen Geschlecht. Ausschließlich dem anderen Geschlecht. Dass zwei Menschen mit dem gleichen Geschlecht das Tanzbein schwingen, wurde zuvor nur Frauen, vor allem in den Zeiten des kriegs- und nachkriegsbedingten Männermangels, zugebilligt. Mit dem eigenen Geschlecht duellierte man sich als Mann im Höchstfalle um die nächste Tanzpartnerin oder tauschte – als Frau – Erfahrungen und Lippenstifte aus.

1958 tanzte man jedoch schon lange wieder gemischtgeschlecht-
lich. Auch im Kreise meiner Eltern. Und so wurden freitags abends
nach der Probe des Kirchenchores in der Wohnung jenes der
drei Paare, das über die größten Räumlichkeiten verfügte, die
Möbel gerückt, der Teppich zurückgeschlagen, der Tanzlehrer
empfangen und den kurzen und langen Schrittfolgen gehuldigt.
So unterschiedlich die Rhythmen, so unterschiedlich erwiesen
sich später auch die Lebenswege der drei Tanzstundenkinder: Einer studierte Medizin, einer reüssierte als Gitarrist und Sänger
der deutschsprachigen Rockband *Fehlfarben*, und der Chronist
widmete sich der Werbewirtschaft und später auch dem Schreiben.

Liegt es am Tanzstil, dass sich die drei hoffnungsvollen Sprösslin-
ge so unterschiedlich entwickelten? Entscheidet der Rhythmus
über die zukünftigen Stärken und Schwächen des Nachkommen?
Nimmt der elegante langsame Walzer oder der erotische Tango
einen Einfluss auf das Werden des neuen Erdenbürgers? Genü-
gen schon die raumgreifenden Schritte des Quicksteps, um dem
Nachwuchs sportliche Gene in die noch gar nicht gekaufte Wiege
zu legen? Hängt es vielleicht nur von einer einzigen Tanzfigur ab,
ob der Nachwuchs erfolgreich wird oder nicht, langweilig oder
interessant, einfach gestrickt oder intelligent, hetero- oder homosexuell oder was auch immer? Und wenn – ist es ein Herren- oder
ein Damenschritt, der die Verantwortung übernehmen muss?

Tatsache ist, dass ich als einziger meiner Geschwister die Tanzschule mit Begeisterung absolvierte und nicht schon nach dem

Grundkurs Schluss machte. Ganz im Gegenteil – diverse Fortgeschrittenenkurse später wagte ich die Anmeldung für die Prüfung zum *Deutschen Tanzabzeichen in Bronze*. Und legte sie in der Wuppertaler *Tanzschule Fern* erfolgreich ab. Weiter kam ich allerdings nicht, denn mir kamen wahlweise Partnerin oder Zeit abhanden, ebenso wie später die Urkunde und die dazugehörige Anstecknadel.

Tanzen ist Psychologie. Beschwor man beim rhythmischen Umkreisen des Lagerfeuers noch Götter oder Dämonen, wurde der Tanz in späteren Jahren zum Balzritual. Manche Tänze ahmten sogar die Geschlechtsvereinigung nach, manches Mal so erkennbar, dass die Anspielung Anstoß erregte. Dies war wohl auch der Grund, warum der *Rock 'n' Roll* in den noch prüden fünfziger Jahren des letzten Jahrhunderts bei der älteren Generation so vehemente Ablehnung erfuhr. Es waren nicht die ausgelassenen und akrobatischen Figuren, es war vielmehr der häufige Kontakt an nicht immer vorhersehbaren Körperteilen, der wieder einmal die Sittenwächter auf den Plan rief. Denn sie hatten schon viel früher den moralinsauren Zeigefinger erhoben. Bereits der *Tango*, der um 1880 in den Armenvierteln und Bordellen Argentiniens entstanden war, galt als Ausdruck von Verkommenheit und Zweideutigkeit. Am 20. November 1913 verbot Kaiser Wilhelm II. seinen Offizieren den Tango, da er »lasziv und gegen die Sitten« sei. Der irisch-britische Dramatiker George Bernhard Shaw verspottete ihn in seiner typischen Manier als »vertikaler Ausdruck eines horizontalen Verlangens«. Und auch die heilige Mutter Kirche betrachtete ihn als sündhaft, Papst

Pius X. erließ daher Anfang des 20. Jahrhunderts ein Tangoverbot. Ein argentinischer Tangotänzer, Casimiro Aín, aber schaffte das Unmögliche: Er erhielt eine Audienz bei Pius, tanzte vor dem Heiligen Stuhl und erreichte die Aufhebung des Verbots.

Die *Rumba*, Tanz des Jahres 2013, verlegt die nonverbale Kommunikation zwischen den Tanzpartnern aufs Parkett. Es ist ein Werben und Locken, ein Anziehen und Abstoßen, ein Fremdgehen und Zurückkommen im Viervierteltakt. *Der Cha-Cha-Cha* dagegen ist die harmlose Flirt-Variante, amüsant und kokett, heiter und unbeschwert. Von meinem Vater ist überliefert, dass er sich die Tanzschritte auf kariertem Papier notierte – *»Käsekästchen«*, wie meine Mutter scherzhaft dazu sagte, denn es erinnerte sie an das gleichnamige Strategiespiel. *Paso Doble* schließlich ist mit seinem spanischen Ursprung die tänzerische Interpretation des Stierkampfes. Der Herr ist der Torero, die Dame alternativ sein Schatten oder das rote Tuch. Ob sich das mit der Emanzipation vereinbaren lässt?

Der *Quickstepp* mit seinen raumgreifenden, schnellen Schritten gilt als der Champagner unter den Turniertänzen und stellt überbordende Lebensfreude dar. *Slowfox* hingegen ist klassisches Understatement. Er soll so getanzt werden, als trüge die Dame eine volle Tasse Tee auf dem Kopf, ohne dass ein Tropfen verschüttet wird. Der *Wiener Walzer* wurde erstmals Ende des 18. Jahrhunderts interessanterweise in Breslau erwähnt, in Wien erst zehn Jahre später. Linksherum getanzt, galt er lange als unzüchtig, aber mit dem Wiener Kongress 1814/1815 fand er Eingang in die besseren Kreise. Der *Langsame Walzer* wurde um 1920 in England entwickelt.

Er gilt als der harmonischste unter den Standardtänzen.

Welches mag nun der Tanz sein, in dessen Folge ich gezeugt wurde? Meine Lieblingstänze sind Quickstepp, langsamer Walzer, Rumba und Tango. Ich kann es nicht leugnen: Ich liebe Champagner, mag es gerne harmonisch, flirte für mein Leben gern und habe nichts gegen eine kleine Sünde hin und wieder – mag sie schokoladiger oder sexueller Natur sein. Ich bin eben ein Tanzstundenkind.

»Man sollte die Städte auf dem Lande bauen,
da ist die Luft besser.«

Henri Bonaventure Monnier
französischer Schriftsteller
(1799–1877)

Waren Sie schon mal in Bielefeld?

Es war im Mai, aber nicht in Schöneberg. Ich war zu verschiedenen Lesungen im ländlich geprägten Teil Westfalens eingeladen. Fernbus oder Eisenbahn kamen aufgrund mangelnder Verbindungen zwischen den Veranstaltungsorten nicht in Frage, also nahm ich einen Leihwagen. Aus Verbundenheit mit guten Erfahrungen und schönen Erlebnissen früherer Jahre meldete ich meine Fahrt bei der Mitfahrzentrale an, nicht nur als kostensenkende Maßnahme, sondern auch der Ablenkung halber. Es gibt viele interessante Menschen, die man auf diese Weise kennenlernen kann. Und man kommt in Orte, die man zuvor nicht wahrgenommen hat. Oder über die man merkwürdige Dinge gehört hat.

Üblich ist es, die größeren Städte zwischen Start und Ziel als mögliche Zwischenstopps anzugeben. Da ich diese Reise nicht zum ersten Mal unternahm, wusste ich, dass Magdeburg, Hannover oder Münster gefragte Ziele sind. Dieses Mal war alles anders. Ein Mitfahrer wollte nach Bielefeld. Waren Sie schon mal in Bielefeld?

Ich bis zu diesem Zeitpunkt noch nicht.

Gewiss, ich hatte wohl schon das eine oder andere über Bielefeld gehört. Ganz vorne liegt hier die berühmte *Bielefeld-Verschwörung*, der die eher dem Komödiantischen zuneigende ZDF-Krimiserie *Wilsberg* im Jahre 2012 sogar eine gleichnamige Folge widmete.

Kein Wunder: *Wilsberg* spielt in Münster. Und zwischen Münster und Bielefeld herrscht die gleiche zwiespältige Nachbarschaft wie zwischen Frankfurt und Offenbach oder zwischen Köln und Düsseldorf. Natürlich kenne ich auch den in sozialen Netzwerken kursierenden Cartoon, in dem Eltern ihrem Sohn schonend beizubringen versuchen, dass sie ins Zeugenschutzprogramm aufgenommen wurden: *»Junge, Du musst jetzt ganz stark sein! Deine Eltern müssen an einen Ort, den keiner kennt«*, worauf der Sohn erschreckt aufschreit: *»BIELEFELD???«* Auch wenn es Abwandlungen dieser Zeichnung mit anderen Ortsnamen gibt, ist Bielefeld die einzige Stadt, die keiner kennt. Folglich kann es Bielefeld nicht geben. Was die Verschwörungstheorie stützt. Nur – wie entstand die *Bielefeld-Verschwörung?*

Im Jahr 1993 outete sich ein Besucher einer Kieler Studentenparty mit der Heimatangabe *Bielefeld*. Der verblüffte Kommentar eines der umstehenden Gäste, *»Das gibt's doch gar nicht«*, setzte eine Verschwörungstheorie in Gang, die das Prinzip aller Verschwörungstheorien auf das Schönste persiflierte. Was den Gast zu dieser Äußerung veranlasste, wurde allerdings niemals überliefert. Wohl nur deshalb konnte sich diese Aussage verselbstständigen und bis zum heutigen Tage als offizielle Verschwörungstheorie bestehen bleiben. Und wie jede ordentliche Verschwörungstheorie, seien es *Chemtrails, Illuminaten* oder die *Mär von der Hohlerde*, funktioniert auch die *Bielefeld-Verschwörung* durch das immerwährende Ignorieren selbst beweisbarer Fakten, gepaart mit der kreativen Konstruktion abstrusester Belege.

Der Sage nach soll Bielefeld im Ostwestfälischen liegen, was einem Rheinländer schon vom Grundsatze her merkwürdig vorkommen muss. Denn die Tatsache, dass sich der konsum- und humorfreudige Kölner, der sich bekanntlich als der einzig wahre Rheinländer fühlt, mit dem doch eher knorrig-herben Westfalen ein Bundesland teilen muss, stößt den Erfindern von *Kölsch, Klüngel und Karneval* eher negativ auf. Schon von Konrad Adenauer ist das Zitat überliefert, dass hinter dem rechtsrheinischen Kölner Stadtteil Deutz *Sibirien* beginne; nimmt man diese Aussage wörtlich, lässt sich Bielefeld etwa dort verorten, wo heute auf gängigen Karten *Nowosibirsk* verzeichnet liegt. Und da haben wir zu Zeiten des *Kalten Kriegs* immer geulkt, in NRW müsse man *den Russen* nicht fürchten, da er beim militärischen Vorstoß nach Westeuropa spätestens am Autobahnkreuz Kamen im Stau stecken bliebe.

Gerade die Autobahn spielt eine große Rolle bei der *Bielefeld-Verschwörung.* Denn etwa zur selben Zeit, als in Kiel das ominöse Zitat fiel, wurden alle Autobahnabfahrten nach Bielefeld wegen einer Großbaustelle gesperrt, womit die Stadt vom Rest der Welt abgetrennt schien. Dies hat in erheblichem Maße zur Legendenbildung beigetragen. Aber gesperrte Autobahnabfahrten alleine sind kein Beweis. Wo bei anderen Städten die Ausfahrt *Zentrum* auf direktem Wege in die Stadtmitte führt, wird der dieser Richtungsangabe folgende Autofahrer in Bielefeld in einem großen Bogen südlich um die Stadt herumgeführt. Nur Einheimische, so es sie denn tatsächlich geben sollte, kennen das wohlgehütete Geheimnis: Die Ausfahrt der Wahl ist *Bielefeld-Ost.* Aber verweist *Ost* nicht schon wieder auf Sibirien? Wobei sich die wahre Internationalität der Stadt verschämt südwestlich des Zentrums versteckt: Fernbusse, die Bielefeld ansteuern, halten am »*Internationalen Busbahnhof Bielefeld-Brackwede*«. Das ist kein Scherz; tatsächlich kann man von hier aus mit dem Bus nach *Schytomyr* in der Ukraine, nach *Montpellier* oder nach *London* fahren. Aber nicht nach *Nowosibirsk*. Dazu müsste man nördlich von Moskau, in *Jaroslawl*, umsteigen.

Verabschiedet man sich dort mit »*Do swidanja!*«, muss die hierzulande gelegentlich gehörte Grußformel: »*Seh'n wir uns nicht in dieser Welt, dann seh'n wir uns in Bielefeld*«[1] dagegen wie ein Menetekel anmuten. Nur der leichtgläubigste Mensch wird hierbei an eine Verabredung denken, die erst nach dem *Jüngsten Gericht*, nach dem Durchmarsch der sieben apokalyptischen Reiter stattfindet.

Reiter?

Natürlich nicht!

Denken Sie an die Autobahn: Geriert sich nicht gerade dort der mobile Mensch, als sei er selbst einer dieser Apokalyptiker, der, ganz modern in PS-starken Boliden das graue Asphaltband in sich hinein fressend, das Ende des Abendlandes einläutet, oder besser gesagt: *einlichthupt?*

Vielleicht aber ist der Gruß buddhistisch geprägt. Denn wenn es Bielefeld nicht gibt, dann muss der Städtename in diesem Gruß ein Synonym für den Treffpunkt im *Nichts* sein – wie der buddhistische

---

[1] *vgl. Carl Zuckmayer,* »Der Gesang im Feuerofen«: »Wir sehen uns wieder – so Gott will. [...] Und wenn nich in dieser Welt, dann vielleicht in Bielefeld.«

Schlüsselbegriff *Nirwana* oft fälschlicherweise übersetzt wird. Auf jeden Fall ist das *Nirwana* ohnedies »*nicht von dieser Welt*«; folgt man dieser Theorie, hat es das mit Bielefeld gemeinsam. *Nirwana* ist die höchste Stufe, die es im Buddhismus zu erlangen gibt – jenseits aller Karmen und Reinkarnationen – und verheißt die absolute Ruhe. »*Seh'n wir uns nicht in dieser Welt, dann seh'n wir uns in Bielefeld*« stünde dann stellvertretend für »*Wir seh'n uns nach dem Tode*«. Es grüßt der brave Soldat Schweijk, der sich gerne für »*nach dem Krieg um fünf Uhr*« verabredete ...

Aber was hat Bielefeld, was andere Städte nicht haben? Warum gibt es keine Verschwörungstheorien über Esslingen, Zwickau oder Nordhorn?

Liegt es am Fußball? Immerhin ist der Fußballclub *DSC Arminia Bielefeld* eine der klassischen Fahrstuhl-Mannschaften im deutschen Profifußball. Gegründet 1905, wurde der Verein nach *Arminius* (auch: *Hermann, der Cherusker*) benannt, der im Jahre 9 n. Chr. den Römern in der vielbesungenen *Varusschlacht* eine vernichtende Niederlage beibrachte. Nun haben wissenschaftliche Forschungen und Ausgrabungen den ursprünglich angenommenen Ort der Schlacht deutlich nach Westen verlegt, was wahrscheinlich die in mancher Ligasaison eklatante Auswärtsschwäche der Arminia begründet. Immerhin hat der Verein in bemerkenswerter Regelmäßigkeit allen Fußballligen zwischen Oberliga und der ersten Bundesliga seine Aufwartung gemacht und gehört damit zu den treuesten Nutzern des umfangreichen Angebots, das der deutsche Fußballbund zu bieten hat.

Oder soll mit der Verschwörung Sand in die Augen der Beteiligten gestreut werden? In Bielefeld würde man dazu wohl eher Back- oder Puddingpulver verwenden. Wozu gibt es Dr. Oetker? Schließlich verkauft er seit mehr als einhundert Jahren das Backpulver *Backin*, obwohl nicht er, sondern ein Schüler von Justus Liebig schon dreißig Jahre zuvor das Treibmittel erfunden hatte. Auch wer Verschwörungstheorien für Spinnereien hält, ist in Bielefeld gut aufgehoben. Seit dem neunten Jahrhundert wird hier Leinen gewebt; die industrielle Spinnerei blühte mit Einführung der Dampfmaschine auf. Noch heute residiert mit *Seidensticker* ein renommiertes Unternehmen der Hemden- und Blusenfertigung in Bielefeld. Aber wenn es Bielefeld nicht gibt, gibt es dann *Seidensticker*? Ich trage vorsichtshalber lieber T-Shirts …

Wie man es auch dreht und wendet: Irgendwann wurde die *Bielefeld-Verschwörung* aufgedeckt. Aber wann? Wahrscheinlich bereits an jenem Tag, als die Großbaustellen an der Autobahn fertiggestellt wurden und es wieder freien Zugang zur Stadt gab. Zum selben Zeitpunkt stellte sich auch heraus, dass das Autokennzeichen *BI* keineswegs eine plumpe Fälschung ist, wie immer wieder gerne behauptet wird. Spätestens auf dem Weg zum Bielefelder Hauptbahnhof, wo ich den erwähnten Mitfahrer absetzte, konnte ich mich davon überzeugen.

Waren Sie schon mal in Bielefeld? Wenn nicht, fahren Sie einfach mal hin. Aber nehmen Sie vorsichtshalber die Abfahrt *Bielefeld-Ost*.

Zwei Helle schauen in die Röhre

Nein – Pay-TV kommt mir nicht ins Haus. Ich bin mit meinen etwa fünfzig Stationen, von denen ich nicht einmal die Hälfte nutze, vollauf zufrieden. Und doch gibt es Situationen, in denen ich auf fremde Sender angewiesen bin: Live-Übertragungen von Fußballspielen, die nicht im unverschlüsselten Programm gesendet werden.

Vor einiger Zeit suchte ich eine Kneipe auf, um mir ein Pokalspiel von Hertha BSC Berlin anzusehen. Nun ist es nicht so, dass schon dieser Umstand alleine ein Grund wäre, darüber eine Geschichte zu verfassen – ich habe beispielsweise alle Spiele der deutschen Nationalelf während der Fußball-WM 2014 in der Nähe eines Tresens verbracht. Das hat mir, *nota bene*, so viel Spaß bereitet, dass ich hoffe, noch viele Weltmeisterschaften – ob sie nun gekauft sind oder nicht – in einem ähnlichen Umfeld erleben zu dürfen.

Die Kneipe war natürlich keine, sondern eine *Sportsbar*, wie sie allenthalben zu Tausenden aus dem Boden schießen und zumeist in Ermangelung kreativer Ideen nach ihren Besitzern benannt sind. Dazu gehörte auch diese Bar – und Sie werden es ahnen: Der Name enthält den berühmt-berüchtigten Deppen-Apostroph. Ich decke den gnädigen Mantel des Schweigens über ihn, aber es lässt sich nicht verleugnen: Der Genitiv eines Vornamens wird in der deutschen Sprache nicht mit einem Auslassungszeichen, Hochkomma oder Oberstrich gebildet, auch wenn alle drei Begriffe dasselbe meinen. Aber das nur nebenbei.

Während des Spieles dämmerte es mir: Es war ziemlich genau fünfzig Jahre her, dass ich erstmals in meinem damals noch jungen Leben ein Fußballspiel in einer Kneipe verfolgte. Aber das war nicht irgendein Fußballspiel.

Meine Eltern kauften ihren ersten Fernseher anlässlich der Olympischen Spiele 1964 in Tokio. Die Halbwertszeit dieses Gerätes reichte allerdings gerade mal bis zum 30. Juli 1966. An diesem Samstag fand im altehrwürdigen Wembley-Stadion zu London das legendär gewordene Endspiel um die Fußball-Weltmeisterschaft zwischen England und Deutschland statt; dies schien unseren Röhrenapparat aber nicht sonderlich zu interessieren. Pünktlich um 15:07 Uhr – kurz nach dem Anpfiff – verließen ihn sämtliche Geister und mit ihnen auch Bild und Ton. Wir waren entsetzt. Vor allem ich, der mit seinen sechs Jahren noch gar nicht genau wusste, worum es eigentlich ging, sich aber vorsichtshalber mit den älteren Brüdern und ihren Schimpfkanonaden und Flüchen solidarisierte.

Schnell hatte einer meiner Brüder die rettende Idee: Zwei Häuser weiter gab es die Gaststätte *Buchenhof,* in der mit Sicherheit ein Fernseher lief. Meine ältesten Brüder betreffend hatte meine Mutter nur wenig Bedenken, aber mich als Steppke in diesem wahrscheinlich verrauchten Etablissement zu sehen, fiel ihr schwer. Erst als sich meine Brüder dafür verbürgten, dass ich a) keinen Alkohol trinken, b) nicht rauchen und c) sofort nach dem Abpfiff zurückkehren würde, ließ sie uns ziehen.

Das Ergebnis ist bekannt. Das berühmt-berüchtigte Wembley-Tor in der ersten Hälfte der Verlängerung ist auch heute noch Gegenstand unzähliger Diskussionen. Ich bin dankbar, dass wir in den Sechzigern bereits in einer vergleichsweise zivilisierten Gesellschaft lebten, denn hundert oder mehr Jahre zuvor wäre diese Schmach wahrscheinlich kriegsauslösend gewesen. Heute würde das Wembley-Tor im Internet unweigerlich zu einem *Shitstorm* führen. Insofern war's gut, so wie es war. Jedoch bleibt es dabei: Ein Tor war es trotzdem nicht.

Aber in mir löste dieser Gaststätten-Besuch etwas aus. Er eröffnete mir eine Welt jenseits des heimischen Weinkellers, der Hausbar in der Wohnzimmeranrichte oder der Bierflaschen im Kühlschrank. Er vermittelte mir, der ich wenige Monate zuvor gerade in die Grundschule gekommen war, eine andere, neue Form der Geselligkeit. Die in der Tat völlig verqualmt war. Vorbilder dafür gab es zur Genüge: Man erinnere sich nur an den TV-*Kommissar* Erik Ode, der in jenen Jahren in von Rauchschwaden vernebelten Schwarzweiß-Krimis über der Lösung seiner Fälle brütete. Rauchen war damals so normal, dass nicht einmal meine Eltern etwas dagegen hatten, wenn mich einer meiner Brüder zum Zigarettenautomaten schickte, um eine Zehnerpackung *HB* für neunzig Pfennige zu ziehen. Bezahlt wurde mit einem Markstück; das Restgeld war in der Packung verschweißt und wanderte absprachegemäß in die Taschen meiner damals zumeist kurzen Hosen.

Die Kneipe wurde fortan ein Sehnsuchtsort; aber mit kurzen Hosen war man dort nicht wohlgelitten. Erst als ich in das pubertäre Mofa-Alter kam, ergaben sich hin und wieder Gelegenheiten zur Rückkehr in die ebenso verrauchten wie verruchten Etablissements. Und siehe da, trotz einer Dekade Abstand war die Faszination immer noch da. Da meine Beinkleider mittlerweile der jugendlichen Kürze entronnen waren – meine erste Jeans bekam ich mit sechzehn, und auch nur nach heftiger Intervention meines nächstälteren Bruders, dessen damalige Freundin in einem Jeans-Shop der Nachbarstadt arbeitete – fiel ich im Stammlokal meiner Geschwister nicht unbedingt als zu jung auf, zumal ich dort öfters auf deren Freunde und damit bekannte Gesichter traf. Es war aber nicht nur die Faszination der Gastronomie an sich, sondern vor allem die des Illegalen – auch damals gab es schon ein Jugendschutzgesetz. Und so verbrachte ich die Monate bis zur Volljährigkeit gewissermaßen im gastronomischen Untergrund, auch wenn die Kneipen üblicherweise im Erdgeschoss lagen. Zwei Daten aus dieser Zeit sind mir besonders im Gedächtnis haften geblieben. Am Tag vor meinem achtzehnten Geburtstag war ich im»Mumms«, Solinger Treffpunkt der Studentengeneration – und einen Tag später auch. Am Vorabend der Volljährigkeit blieb ich bis nach Mitternacht, am folgenden Abend verließ ich die Kneipe bereits nach dem zweiten Getränk. Der Reiz des Ungesetzlichen war vorbei. Endgültig.

Allerdings kann man über die endgültige Abkehr von der Ungesetzlichkeit trefflich streiten. Meinen ersten Kontakt zur *Subkultur*, wie die homosexuelle Szene damals bezeichnet wurde, hatte ich 1979; zu diesem Zeitpunkt existierte noch der *Schwulenparagraph* 175, der erst 1994 ersatzlos und von der Mehrheit offensichtlich unbemerkt aus dem Strafgesetzbuch gestrichen wurde. Aber hier reizte mich von Anbeginn an nicht das Ungesetzliche; die Sehnsucht nach diesem Sehnsuchtsort kaprizierte sich auf die Bekanntschaft mit gleichgesinnten und hoffentlich auch attraktiven Männern. Auf diese Weise frequentierte ich vor allem auf Reisen eine Menge an Etablissements, auch solche mit im Untergeschoss eingerichteten *Erlebnisparks*, in Fachkreisen *Darkrooms* genannt. Manche Reisen dienten sogar fast ausschließlich der Entdeckung solch einschlägiger Orte! Und manches Mal erlag ich, wenn auch nur platonisch, dem Reiz des Personals – hieß der Barkeeper nun *Jan-Jaap* wie 1989 in Amsterdam oder der Kellner *Chrístos* wie 2014 in Athen. Hatte *Jan-Jaap* diesen tiefen Blick, der direkt in die Seele zielte, war *Chrístos* ein groß gewachsener Mittzwanziger von makelloser Schönheit, blitzenden Zähnen und Augen sowie einer umwerfenden Präsenz. Er lohnte, zu schmachten! Ein Freund, der sich schon länger über meinen *Hang zum bedienenden Personal* amüsiert hatte, witzelte, dass sich mit dem Kontakt zu dem – wie ich ihn bezeichnete – *griechischen Gott* wohl meine Zeitrechnung ändern müsse. Ab jetzt unterteile sich das Leben in *vor Chrístos* und *nach Chrístos* – wobei es bis zum Niederschreiben dieser Zeilen noch kein *nach Chrístos* gegeben hat. Aber man soll ja bekanntlich nie *nie* sagen …

Mittlerweile hat sich die Sehnsucht nach neuen Kontakten in eine Wiedersehensfreude mit Freunden und Bekannten gewandelt, vorrangig in meiner Stammkneipe um die Ecke oder im Biergarten – jenseits der einschlägigen Lokale. Und manchmal ist der Grund für das Aufsuchen gastronomischer Betriebe sogar noch profaner: Ein Spiel dauert neunzig Minuten – oder eben zwei Helle pro Halbzeit. Übrigens war ich jüngst wieder einmal in der eingangs erwähnten Sportsbar. Und was soll ich sagen? Hertha BSC hat gewonnen.

Wiedersehn macht Freude!

Wer kennt nicht die regelmäßigen Zweifel, ob man denn auch alles richtig gemacht hat: den richtigen Wohnort gewählt, sich für den richtigen Beruf entschieden, die richtigen Freunde kennengelernt. Von Loriot ist der Ausspruch »*Lösungen für öffentliche Probleme findet man an den Wänden in der U-Bahn. Ein Beispiel: So wichtig wie die Braut zur Trauung ist Bullrich-Salz für die Verdauung*«[2] überliefert, und auch ich finde gelegentlich Antworten auf die brennenden Zeitfragen dort, wo ich sie gar nicht suche: im öffentlichen Personennahverkehr.

Neulich sitze ich in der U-Bahn und hänge meinen Gedanken nach. Neben mir sitzt eine junge Frau, vertieft in ein Buch. Ihr gegenüber eine Frau in ähnlichem Alter; sie trägt Ohrhörer und scheint der Welt entrückt. Der Platz mir gegenüber ist leer. Wie auf Kommando heben plötzlich beide Frauen ihren Kopf und schauen sich kurz an. Nur einen Wimpernschlag lang – dann versinkt jede der Beiden wieder in ihre eigene Welt. Aber nicht lange! Ruckartig schnellen die Köpfe wieder in die Höhe. Links neben mir sinkt das Buch, schräg gegenüber entfernen zwei Hände hastig die Ohrhörer aus den Muscheln. Man hört zwei Stimmen gleichzeitig:

»*Bist Du nicht ...?*«

---

[2] DIE WELT, 22. November 2003

»Kennen wir uns nicht ...?«

Und genau so ist es. Zwei Paar Augen beginnen zu strahlen, vier Wangen röten sich vor Freude und zwei Münder können ihre Begeisterung nicht mehr bremsen. Es sprudelt und gluckst vor lauter *»Was hast Du ...«, »Wie bist Du ...«, »Was machst Du ...«*, und der unbeteiligte Dritte erfährt ungefragt Lebensgeschichte aus erster Hand.

Es muss wohl mehr als zehn Jahre her sein, dass die beiden jungen Frauen gemeinsam Sport getrieben haben, und zwar irgendwo im Westfälischen. Offensichtlich trennten sich die Wege ausbildungs- bzw. studienhalber. Während meine Sitznachbarin eine Ausbildung zur Rechtsanwaltsfachangestellten absolvierte und nun in einer Kanzlei in Charlottenburg arbeitet, hat ihr Gegenüber an der Humboldt-Universität das Studium der Sozial- und Afrikawissenschaften absolviert und arbeitet nun als Bedienung in einem afrikanischen Restaurant in Prenzlauer Berg. Beide wohnen zwar in derselben Gegend, wie sich im weiteren Verlauf der Fahrt herausstellte, haben aber im Moment total unterschiedliche Ziele und eigentlich auch überhaupt keine Zeit. Aber sie wollen sich schnellstmöglich auf einen Kaffee verabreden. Ob's geklappt hat, weiß ich nicht. Ich steige vor ihnen aus.

Aber eines weiß ich: Hätte ich einen alten Freund getroffen, wir hätten uns sofort auf ein, zwei Bier zusammengesetzt. Männer können nämlich extrem neugierig sein – und wenn es um Bier geht, auch spontan.

Wer fremde Sprachen nicht kennt,
weiß nichts von seiner eigenen.

Johann Wolfgang von Goethe
deutscher Dichter
(1749–1832)

Fremde Zungen

Dass die Kenntnis fremder Sprachen von Vorteil und manchmal auch überlebenswichtig ist, zeigt jene Geschichte, in der ein deutscher Tourist in einem englischen Restaurant seine Bestellung mit dem Worten: »*I become a beefsteak*« aufgibt. Allerdings sind, zum Beispiel in den USA, auch Bestellungen wie »*I want a bloody steak*« nicht immer zielführend; zu leicht kann die mögliche Erwiderung des Kellners »*Do you want some fucking potatoes, too?*« zu einem jähen Ende der Völkerverständigung führen. Derselben Gefahr unterliegt man übrigens auch an mediterranen Gestaden mit dem Absingen der urdeutschen, wenn auch erst 1929 in Liedform gegossenen Frage, warum es am Rhein so schön sei – auch wenn dieses Lied mittlerweile nicht mehr zum Repertoire der reisenden Generationen zählen dürfte. Singt man heute eigentlich noch, oder grölt man schon?

Wenn man wie ich in Solingen aufgewachsen ist, sind die nächstliegenden Grenzen jene zu Belgien oder den Niederlanden. Heute – dank des Schengener Abkommens, so es denn noch oder schon wieder in Kraft ist – befinden sich hier aber nicht mehr die trennenden Schranken; die Grenze markiert lediglich den Schritt in einen anderen Teil der Europäischen Union, der natürlich und zum Glück immer noch seine Eigenständigkeiten besitzt. Warum sollte er auch nicht? Auch als Verfechter der europäischen Idee liebe ich die Vielfalt unseres Kontinents.

Allerdings leiden gerade die Niederländer darunter, dass zu viele Deutsche ihre Sprache lediglich für einen deutschen Dialekt halten und daher glauben, mit rein germanischen Lauten durchs Land und durch den Urlaub zu kommen. Natürlich gelingt es ihnen im Namen des Tourismus', aber man sollte nie vergessen, dass es eine Zeit gegeben hat, in der Deutsche die niederländische Grenze eben nicht als Urlauber passiert hatten. Und an diesem Punkt zeigt es sich, wie wichtig Fremdsprachen – oder zumindest das Wissen um fremde Sprachen – sind.

Böse Zungen behaupten ja, der deutsche Tourismus setze mit Geld das fort, was 1939 mit Waffen begonnen wurde. Ich kann mich noch gut daran erinnern, dass den Niederländern aufgrund der Erfahrungen mit dem nationalsozialistischen Nachbarn viele Jahre lang grundsätzliche Ressentiments gegenüber der deutschen Bevölkerung unterstellt wurden. Manche mögen so etwas erlebt haben; beschäftigt man sich aber näher mit der Materie, gewinnt das alte deutsche Sprichwort »*Wie man in den Wald hineinruft, so schallt es heraus*« wieder an Bedeutung. Denn ich bin unzählige Male in den Niederlanden gewesen und habe nie schlechte Erfahrungen machen müssen – sieht man mal von einem nächtlichen Überfall in Amsterdam ab, der aber zum Glück nur mit dem ärgerlichen, aber verschmerzbaren Verlust von Geld und Zigaretten endete. Den Dieben war meine Nationalität dabei herzlich egal.

Wahrscheinlich habe ich nichts von den erwähnten Ressentiments erfahren, weil ich in Amsterdam zumeist Englisch gesprochen habe, was für Einheimische kein Problem darstellt. Erst als sie hörten, wo ich herkam, wechselten die meisten ansatzlos ins Deutsche. Und zwar freiwillig. Das ist derselbe Umstand, der es gerade Amerikanern in Deutschland so schwer macht, die deutsche Sprache zu erlernen: Englisch kann fast jeder – und so ertappe auch ich mich immer wieder dabei, mit Begeisterung jede Gelegenheit zu nutzen, um mein Englisch aufzupolieren. Selbst, wenn es dem Amerikaner gar nicht recht ist.

Heute ist es mit Fremdsprachen vergleichsweise einfach. Bereits seit 2003 lernen Grundschüler ab der 3. Klasse wahlweise Englisch oder Französisch, und sogar manche Kindertagesstätten bieten schon entsprechende Kurse an. Früher war das anders: Mein Vater hatte an einem altsprachlichen Gymnasium ausschließlich Griechisch und Latein gelernt, und so war es für ihn völlig klar, dass seine Kinder in der Sexta, der fünften Klasse, mit Latein begönnen. Bei mir, dem sechsten Kind, wurde die Sache aber schwierig: Von 119 Schülern, die auf drei Klassen zu verteilen waren, wollten nur 29 den altsprachlichen Start wagen, die anderen hatten sich für Englisch als erste Fremdsprache entschieden. *(Es hatten sich, um exakt zu sein, natürlich die Eltern dafür entschieden.)* Da half auch eine Eingabe an das Düsseldorfer Kultusministerium nichts. Um der gleichen Klassenstärke willen begannen wir alle in der fünften Klasse mit Englisch; zwei Jahre später folgte Latein und zwei weitere Jahre später Französisch. Übrig geblieben ist aber von der zweiten und dritten Fremdsprache nicht viel; die meisten Latein-Kenntnisse habe ich nicht dem Unterricht, sondern

Asterix-Comics entnommen; das kommt davon, wenn man die Lateinlehrerin nicht ernst nimmt. Den Französischlehrer hingegen nahmen wir ernst, allerdings blieb trotzdem nicht allzu viel hängen. Erst lange nach dem Abitur konnte ich bei einem Urlaub an der Côte d'Azur feststellen, dass ein guter *Côte de Provence Vin Rosé* die Unterrichtsziele besser untermauert: Er lockert die Zunge und legt ohne sonstige Hilfsmaßnahmen vergessen geglaubte Vokabeln wie einen archäologischen Schatz frei. Aber leider besteht das Leben nicht nur aus Urlaub und Wein.

Von einem Freund erfuhr ich vor längerer Zeit, dass einige Schulen in der damaligen DDR in den mittleren und späten achtziger Jahren Englischkurse anboten, allerdings nachmittags und auf freiwilliger Basis. Manche Einführung durch den Schuldirektor enthielt dann auch den Hinweis, dass man sich zwar über die Einsatzbereitschaft der Schüler freue, Freizeit für schulische Zwecke zu opfern – aber warum es denn unbedingt eine aussterbende Sprache sein müsse …

Den Vogel schoss mein Ex-Freund aus der Schweiz ab: Neben seiner Heimatsprache beherrschte er Französisch und Italienisch, was in der Schweiz nicht ungewöhnlich ist, sowie Deutsch, Englisch und Niederländisch. Letzteres erklärte er mit der lautmalerischen Nähe zum einheimischen *Schwiizerdütsch* – allerdings seien die Eidgenossen viel ehrlicher als die (oft fälschlicherweise so bezeichneten) Holländer: Mit dem Nationalitätskennzeichen *CH* wiesen sie wenigstens auf die rachenbetonte Aussprachebesonderheit hin.

Von meinen Schulsprachen ist nur noch Englisch übrig, eine Sprache, die ich schon sehr früh verinnerlicht hatte. Ich teilte damals mit meinem sieben Jahre älteren Bruder ein Zimmer; auf zwölf Quadratmetern fanden ein Etagenbett, zwei Schreibtische nebst Stühlen und eine Musiktruhe aus den fünfziger Jahren Platz. Eines Abends, ich schlief bereits, kam er ins Zimmer und schaltete das Licht ein. Bereits nach wenigen Wochen Englischunterricht murmelte ich im Schlaf ein völlig inkorrektes: »Make the light out«, dem er, wenn auch völlig verblüfft, sofort nachkam. Dafür gab's dann noch ein »Thank you« als Dreingabe.

Vom deutschen Komponisten Robert Schumann ist die Aussage überliefert: »Es ist des Lernens kein Ende.« Und so lernte ich, in möglichst vielen Sprachen, den meiner Meinung nach wichtigsten terminus technicus: den Trinkspruch. Ich konnte in fünfzehn Sprachen einen Toast aussprechen: Englisch, Irisch, Französisch, Niederländisch, Dänisch, Schwedisch, Norwegisch – okay, die letzten drei sind gesamtskandinavisch. Aber dafür klappte im Finnischen die joviale Form »kippis« ebenso wie die Höflichkeitsform, die so ähnlich klingt wie »heuleken keuleken«. Und natürlich Italienisch, Spanisch, Hebräisch, Arabisch, Ungarisch, Russisch und Türkisch.

Es fasziniert mich immer wieder, wenn man in Deutschland einen italienischen Ausdruck verwendet und die Antwort auf Spanisch gegeben wird. Auf »mille grazie« folgt mit an Sicherheit grenzender Wahrscheinlichkeit ein »de nada« – beide Ausdrücke entstammen wohl einer romanischen Sprache, aber eben nicht derselben. Vor vielen Jahren saß ich mit einem Freund in einer

Berliner Gartenwirtschaft und bedankte mich bei der Kellnerin für das erste Bier mit »*mille grazie*«, was zu meinem Erstaunen mit einem völlig korrekten »*de niente*« beantwortet wurde. Dem »*gracias*« zum zweiten Bier folgte das passende »*de nada*«, beim dritten Bier wurde es mir mit »*merci beaucoup*« und »*de rien*« sprachlich warm ums Herz. Beim vierten Bier kehrte ich zu meinen Wurzeln zurück und bedankte mich auf Deutsch. Der Kellnerin aber entfuhr nur ein überraschtes »*Hä?*«. Wir sind dann auch kurz darauf gegangen.

Die Investitionsphase ist vorbei

Wann haben Sie das letzte Mal Ihrem Partner oder Ihrer Partnerin ein Präsent mitgebracht? Ich neige dazu, Blumen zu überreichen. Auch, wenn ich Herren Besuche abstatte. Männer bekommen im Allgemeinen viel zu selten Blumen geschenkt. Und Schokolade macht dick.

Nun zählt mancher Blumenstrauß nicht nur grundsätzlich zu einer Überraschung, sondern manchmal auch zu einer bösen solchen, insbesondere, wenn er als Ausdruck des schlechten Gewissens verschenkt wird. Die Absicht ist viel zu leicht zu durchschauen: Ist das Werben um den Partner der Wahl erfolgreich gewesen, hören die Geschenke manchmal schleichend, aber noch viel öfter schlagartig auf. Und damit auch die Werbungskosten. Jeder nach der erfolgreich abgeschlossenen Partnerwerbung überreichte Blumenstrauß scheint also zwangsläufig der Wiedergutmachung dienen zu sollen.

Dabei dienen Werbungskosten im steuertechnischen Sinne nicht nur dem Erwerb und der Sicherung, sondern auch dem Erhalt von Einnahmen. In Beziehungsdeutsch übersetzt, sollen sie also nicht nur der erfolgreichen Präsentation als bestens geeigneter Kandidat bis hin zur Verlobung, Verpartnerung oder Eheschließung dienen, sondern auch dem späteren Fortbestand der

Beziehung. Und hier werden viele Menschen zu Steuersündern, aber zu ihren Ungunsten.

Auch wenn der vorletzte Satz eher an eine *Durchführungsverordnung zur Erstellung der Voraussetzungen für die Anerkennung von Werbungskosten* anmutet – es scheint bei Beziehungen schwierig bis unmöglich zu sein, die beharrliche Aufmerksamkeit des Wollens in die Beständigkeit des Habens zu übertragen. Oder kurz gesagt: Man setzt alles daran, etwas zu bekommen; hat man es endlich, versiegen die Investitionen, denn man unterliegt dem Irrglauben, nun gehöre es einem ja. Und schon erklingt wieder einmal mahnend die Stimme eines Freundes, der mich schon vor mehr als fünfundzwanzig Jahren korrigierte, als ich, auf die Zukunft meiner damaligen Beziehung und des Lebens allgemein angesprochen, die fatale Äußerung tat: *»Ich hab' ja noch meinen Lars.«*

Oha. Als ich mit großer Mühe den Fuß wieder aus dem wohl größten vorstellbaren Fettnäpfchen herausgezogen hatte, hub jener Freund mit der Erklärung an: *»Es ist erstens nicht ›Dein‹ Lars, denn er gehört Dir nicht. Und zweitens: ›Haben‹ im Sinne von besitzen kann man keinen Menschen.«* Hätte ich da schon geahnt, wie richtig er mit dieser Einschätzung lag! Drei Wochen später fand die Liaison ein jähes Ende.

Man kann sich also nie sicher sein. Vor allem sollte man sich nie *zu* sicher sein. Erfüllt ein Produkt die vollmundigen Werbelobpreisungen nicht, kann man auf ein Konkurrenzprodukt ausweichen oder eine unlautere Werbung beklagen. In einer Beziehung ist es aber nicht so einfach, zu wechseln – auch wenn es nicht wenige Menschen gibt, die den Wunsch nach Abwechslung in der

Partnerschaft mit dem Etikett *offene Beziehung* versehen, und sich auf diese Weise selbst Absolution erteilen. Aber wer denkt denn schon zu Beginn einer Beziehung, wenn der Himmel voller Geigen hängt, dass man auch mit einer Violine hässliche Kratzgeräusche erzeugen kann? Glauben Sie mir, ich hatte fünf Jahre lang Geigenunterricht ...

Allerdings ist auch ein »*Auswärtsspiel*«, wie der Seitensprung in einem Lied der kölschen Band *De Höhner* ebenso freundlich wie unverfänglich bezeichnet wird, nicht gratis zu bekommen. Zwar wiederholt sich auch hier das Balzritual, aber deutlich gekürzt, weil auf eine überschaubare Halbwertszeit reduziert. Denn letztlich geht es zumeist ja nur um den Moment. Statt der Dreieinigkeit der Beziehungsanbahnung *Kino, Diskothek und Klammerblues*, wie es in meiner Jugend durchaus noch üblich war, reicht hier zumeist ein Angebot aus der Getränkekarte. Manchmal genügt es auch schon, von der puren Lust übermannt zu werden – wobei man auch als Frau *übermannt* werden kann, wie einer meiner Lieblingswitze eindrucksvoll belegt:

In einer Bar. Ein Mann sitzt links, eine Frau rechts am Tresen. Plötzlich steht der Mann auf, nimmt sein Glas, nähert sich der Frau und fragt: »*Entschuldigen Sie bitte, meine Dame. Würden Sie mit einem völlig fremden Mann ins Bett gehen?*«, *woraufhin sie ihm einen unschuldigen Augenaufschlag schenkt und antwortet:* »*Niemals, alter Freund!*«

Gelegenheit macht Liebe, aber vergrätzt das Kapital. Auswärtige Liebesgelegenheiten stützen den familiären Börsenkurs in keiner Weise. *Kapital* ist hier der Partner, *Börsenkurs* die Beziehung. Natürlich sollte man eine Partnerschaft nicht unter wirtschaftlichen Aspekten betrachten, aber es verwundert doch sehr, mit welchem Elan Gegenstände – *Beispiel: Kraftfahrzeug* – nach dem Erwerb zur Werterhaltung gepflegt werden, wohingegen eine einmal eingegangene Beziehung und die daran beteiligten Personen mit einer ungeahnten Selbstverständlichkeit als nicht mehr förderungswürdig angesehen werden. Und zwar von beiden Seiten. Es geht nämlich nicht nur um mangelnde Aufmerksamkeit dem Partner oder der Partnerin gegenüber, es geht auch um die eigene Ausstrahlung. *Charles Aznavour* konnte darüber 1961 ein Lied singen:

> *»Du bist so komisch anzusehen,*
> *denkst du vielleicht, das find' ich schön? [...]*
> *Mit deiner schlampigen Figur*
> *gehst du mir gegen die Natur.«*

Im Jahr darauf folgte die Retourkutsche: *Friedel Hensch & die Cypris*, aber auch *Caterina Valente*, widersprachen mit derselben Melodie und der Hilfe desselben Textdichters[3]:

> *Wo blieb, was reizvoll an dir war,*
> *wo ist dein schönes volles Haar? [...]*
> *Wie war dein Mund markant und kühn,*
> *heut seh' ich nur ein Doppelkinn.*

---

[3] *»Du lässt dich geh'n« und »Mein Ideal« (Text: Ernst Bader)*

Und doch, bei allen Vorwürfen, enden beide Songs versöhnlich mit einer Runde *Happy-End für alle*, wenn auch auf Basis der Rollenklischees der frühen sechziger Jahre. Der Mann geriert sich in »*Du lässt dich gehn*« als Held und Beschützer ...

> *Sei doch ein bißchen nett zu mir,*
> *damit ich dich nicht ganz verlier. [...]*
> *An meinem Herzen, das wär schön,*
> *da laß dich gehn! Da laß dich gehn!*

... während die Frau als das aufopferungswillige und alles verzeihende Wesen an seiner Seite ihren Mann trotz allem idealisiert:

> *Denn käm' ein anderer auf mich zu,*
> *mein Typ, so wie vor Jahren du,*
> *und wollt mit mir durchs Leben gehn,*
> *ich glaub', ich würd' ihn gar nicht sehn.*

Nicht alle diese Geschichten nehmen ein solch glückliches Ende. Die Rache folgt oft auf dem Fuße. Wann er kommt, lässt sich nicht vorhersagen, aber dass er kommt, ist sicher: Der Moment, an dem all das Geld, dass man durch die Versagung von Aufmerksamkeiten einzusparen hoffte, investiert werden muss, um selbst noch für den Partner oder die Partnerin attraktiv zu bleiben. Und nicht selten heißt es dann wie im bereits erwähnten kabarettistischen Kabinettstückchen *Institut de Beauté Olivia Kosmetova*[4]: »*Frisieren, Massieren, Gesichtspackung, Rückenpackung, Hals- und Restpackung*

---

[4] *»Olivia Kosmetova« (Text: Werner Wollenberger; Interpretin: Ursula Herking)*

und Liften. *Aber Schätzchen, natürlich werden wir liften – nur weil wir das schon sechs Mal gemacht haben, werden wir's doch jetzt nicht sein lassen!*«

Hätte man doch vorgesorgt! Früher war es ja so einfach: Hatte man sich erst einmal versprochen, war man an das Gelübde der Verlobung gebunden. Von»*verloben heißt sicherstellen und weitersuchen*« war noch lange nicht die Rede. Verlöbnisse waren eine ernste Angelegenheit; um zu verhindern, dass der potenzielle Ehemann sein Versprechen brach, hing über ihm das Damoklesschwert des Ersatzes nicht nur materieller, sondern auch ideeller Schäden in Form des *Kranzgeldparagraphen* 1300, dem der verstaubte Duft der nicht immer so guten alten Zeit anhaftete. Schließlich ging man damals noch sittlich unberührt in die Ehe, bildlich gesprochen mit dem berühmten *Jungfernkranz*, dem Carl-Maria von Weber, besser gesagt sein Librettist Johann Friedrich Kind, in der romantischen Oper *Der Freischütz* 1821 ein Denkmal gesetzt hatte. Der Chor »*Wir winden dir den Jungfernkranz*« hatte von Anbeginn an allerdings nicht nur Freunde. Heinrich Heine schrieb 1822 im ersten seiner *Reisebriefe/Briefe aus Berlin*:

»*Haben Sie noch nicht Maria von Weber's ›Freischütz‹ gehört? Nein? Unglücklicher Mann! Aber haben Sie nicht wenigstens aus dieser Oper das ›Lied der Brautjungfern‹ oder den ›Jungfernkranz‹ gehört? Nein? Glücklicher Mann!*«, denn er fühlte sich von der zum Gassenhauer mutierten Melodie verfolgt. »*Wenn Sie vom Hallischen- nach dem Oranienburger-Thore, und vom Brandenburger- nach dem Königs-Thore, ja selbst, wenn Sie vom Unterbaum nach dem Köpniker-Thore*

gehen, hören Sie jetzt immer und ewig dieselbe Melodie, das Lied aller
Lieder – den ›Jungfernkranz‹.«

Heute zählt es als Volkslied.

Der Bruch des Verlöbnisses bedeutete für die unbescholtene Frau einen Makel, der ihre standesgemäßen Chancen auf dem Heiratsmarkt deutlich minderte. Denn: Nur als Verlobte konnte sie dem Manne die Beiwohnung gestatten, wie man es damals offiziell nannte. Alles andere hätte den Tatbestand der Kuppelei erfüllt. Aber seien wir ehrlich: Es ging um nichts anderes als den Verlust der Jungfräulichkeit. 1968 urteilte das Oberlandesgericht Köln, dass das Kranzgeld nicht verfassungswidrig sei; dabei bestätigten die Richter ein vorinstanzliches Urteil und schenkten den Einwänden des beklagten Mannes kein Gehör. Er hatte nämlich behauptet, von der Frau verführt worden zu sein und sei nun der Ansicht, dass eigentlich er etwas von ihr zu bekommen habe. Auch das Argument des Mannes, seine Ex-Verlobte sei nicht unbescholten gewesen und könne aus diesem Grunde von ihm keine Zahlung fordern, wurde vom Gericht zurückgewiesen. Es ließ die Begründung des Mannes, seine Braut habe sich schon beim ersten Zusammensein in einer Weise verhalten, die auf eine häufige Übung habe schließen lassen, nicht gelten. Der Schluss, dass die Frau solche Kenntnisse durch den vorausgegangenen Umgang mit anderen Männern erworben habe, sei nicht gerechtfertigt. Es gebe vielmehr, was keiner näheren Begründung bedürfe, auf diesem Gebiet reichliche theoretische Erkenntnisquellen in Wort, Schrift und Bild, die geeignet seien, bei der ersten praktischen Erfahrung den Eindruck zu vermitteln, als ob der andere Partner nicht mehr unbescholten sei.[5]

Letztmalig wurde nach dem Kranzgeldparagraphen im Jahre 1980 vom Amtsgericht Korbach entschieden; der Beklagte wurde zu einer Zahlung von tausend Mark verurteilt. Damals kostete die billigste Version des VW Käfers nur knapp das Neunfache[6]. So einfach war das *Freikaufen* also auch nicht. Nach wie vor gilt übrigens der § 1298 BGB (»*Ersatzpflicht bei Rücktritt*«), der die Schadenersatzpflicht für tatsächliche Aufwendungen oder Verbindlichkeiten regelt.

Im selben Jahr, als das Oberlandesgericht Köln den Einspruch gegen die Zahlung des Kranzgeldes verworfen hatte, wurde das bürgerliche Beziehungsweltbild kräftig durcheinandergeschüttelt. Von freier Liebe über die Kommune bis zur Frauenbewegung änderten sich Rollenklischees und Rollenverständnisse. Zu diesem Zeitpunkt wurde das Werben um den Partner oder die Partnerin als *Petitesse*, als unwichtige Nebensächlichkeit, auf dem Altar der Emanzipation geopfert. Nun hätten auch Frauen gleichberechtigt ihren Partnern mit kleinen Aufmerksamkeiten ihre Zuneigung zeigen können, aber stattdessen wurde diese Form des Kompliments lieber gleich vollständig abgeschafft. Auch Liebesbriefe als ideelle Investition kamen weitestgehend aus der Mode. Handgeschriebene Briefe? Mangelware. Und der Romantikfaktor von eMails hält sich in sehr engen Grenzen.

---

[5] *Hamburger Abendblatt, 14. August 1968. Urteil: AZ 9U182'67*
[6] *Die Welt, 23. Januar 2013: »Tradition: 75 Jahre Volkswagen Käfer«*

Man will gefallen, um ein Ziel zu erreichen. Ist das Ziel erreicht, hört die Gefallsucht schlagartig auf. Das ist schlecht, denn aus der Wirtschaft wissen wir, dass nur stete Werbung einem Produkt zu Bekanntheit und Erfolg verhelfen kann. Oder eben einer Beziehung zur Dauerhaftigkeit. Wohlgemerkt: kann, aber nicht muss. Denn es gibt keinen Automatismus, sicher kann man sich nicht sein. Vor allem sollte man sich nie *zu* sicher sein. Zeigen Sie Ihrem Partner oder Ihrer Partnerin, was Sie empfinden. Der Kreativität sind hierbei keine Grenzen gesetzt. *»Kleine Geschenke erhalten die Freundschaft«*, weiß der Volksmund. Er weiß, dass Investitionen mit Kosten verbunden sind. Aber er weiß auch, dass eine Scheidung wegen mangelnder Aufmerksamkeit noch viel kostspieliger wäre.

Mit bestem Dank an Uschi für Titel und Idee.

»Narren lassen sich keine grauen Haare wachsen.«

Deutsches Sprichwort

Haarige Zeiten

»*Wo kommt ihr denn her?*«, entfuhr es mir letzten Sommer, als ich oberkörperentblößt im Sonnenschein sitzend an mir heruntersah. Mitten auf der Brust entdeckte ich einige Haare, die im Gegensatz zu ihren *Nebensprössern* die Farbe gewechselt hatten. Sie waren aber nicht etwa der körperlichen Freizügigkeit wegen schamhaft rot geworden, sondern offensichtlich aus Altersgründen ins so gerne mit *Grau* bezeichnete Weiße gewechselt! Auch der folgende Blick in den Spiegel konnte es selbst bei den freundlichsten Lichtverhältnissen nicht verhehlen: Die gräulich-weiße Zeit beginnt. Langsam, aber sicher. Jegliche Verwunderung darüber wäre fehl am Platz. Die Statistik belegt unwiderruflich, dass der Lauf der Zeit gewisse Veränderungen von alleine erledigt – und manche davon im Eiltempo. Nicht nur auf der Brust.

Was hatte ich nicht alles mit meinem Haupthaar angestellt: rot getönt, schwarz gefärbt, platinblond gebleicht, ausrasiert und gelockt. Ja, in der Tat: Anfang der achtziger Jahre trug ich eine Dauerwelle. Das war damals sehr *en vogue* und – um es mit *Bendix Grünlich* aus Thomas Manns Gesellschaftsroman *Buddenbrooks* zu sagen – »*putzte ganz ungemein*«.

Speziell platinblond hatte es mir angetan, denn in Verbindung mit raspelkurz geschnittenen Haaren konnte die sich langsam aber stetig bildende Lichtung auf dem Haupte elegant kaschiert werden. In der Theorie ist das eigentlich eine todsichere Angelegenheit – aber eben nur in der Theorie. Denn ich versäumte es immer wieder, meine Frisur mit den Jahreszeiten zu synchronisieren. Ging ich winters oder frühjahrs – Haare dunkel, Kopfhaut hell – zum Friseur, um die Haarfarbe mit Hilfe von Wasserstoffperoxid der Kopfhaut anzugleichen, vergaß ich zumeist, dass ich in jenen Tagen ein Cabriolet chauffierte und bei jeder Gelegenheit bedingungslos dem Reklameslogan *»Das Leben ist zu kurz, um geschlossen zu fahren«* folgte. Durchgängig beschienen, war im folgenden Sommer auch meine Kopfhaut angenehm gebräunt; aber jetzt schimmerte die Lichtung dunkel durch die platinblonden Haare.

Im Laufe der Haare sind selbige auch deutlich dünner geworden; sollte ich heute wie weiland Münchhausen in einem Sumpf versinken, wäre eine konventionelle Rettungsart zu bevorzugen – der eigene Schopf hielte der Belastung nicht mehr stand. Damit entfällt auch mehr und mehr die Möglichkeit, sich die Haare zu raufen, obwohl die Anzahl der Anlässe, es zu tun, unaufhörlich steigt. Dabei kann ich mich noch glücklich schätzen. Auf dem väterlichen Haupt waren in vergleichbarem Alter die lichten Stellen wesentlich größer. Noch eine Generation zuvor glänzte mein Großvater bereits bei seiner Hochzeit mit einer veritabel hohen Stirn. Vielleicht haben ja nicht nur die chemischen Strapazen für meine begrenzte Haarpracht gesorgt, vielleicht ist es ja auch erblich bedingt. An der Realität ändert sich damit allerdings nichts.

Haare sind ein Kapitel für sich. Der Eine hat sie, dem Anderen fehlen sie, einen Dritten stören sie – zumindest an hier nicht näher zu bezeichnenden Stellen. Auch das Volk trägt die Haare eher auf den Zähnen: Man »*kriegt sich in die Haare*« oder verschreibt sich einer Sache »*mit Haut und Haar*«, muss »*Haare lassen*« oder betreibt »*Haarspalterei*«, findet »*ein Haar in der Suppe*« oder lässt sich »*die Haare vom Kopf fressen*«. Es ist »*haarsträubend*«.

Was machen eigentlich Menschen mit Glatze?

Meine Gedanken kreisen immer noch um das eingangs erwähnte gräulich-weiße Haar. Was mache ich mit ihm und jenen, die noch folgen werden? Ideen zur Problemlösung schwirren mir im Kopfe herum. Ich könnte zum Beispiel das Haar einfach ausreißen. *Aua!* Schon der Gedanke daran bereitet Schmerzen. Und nicht nur der. Das wider besseres Wissen begonnene Unterfangen beende ich sofort wieder. Es schmerzt wirklich, und es dünkt mir auch nicht wirkungsvoll. Hinderte es denn die verbleibenden Haare, es jenen aus der Haut gezupften gleich zu tun und ebenfalls die Farbe zu wechseln? Sicher nicht. Man käme mit dem Ausreißen gar nicht nach. »*Ein graues Haar steckt all' die andern an!*«, wusste schon der österreichische Schriftsteller Robert Hamerling. Also hinfort mit dieser Idee.

Ich könnte die Brust, oder besser gleich den ganzen Oberkörper rasieren. Unbehaart – war das nicht mal Lifestyle? Glatte, glänzende Männerkörper in athletischen Posen, die makellose Haut über ansehnlichen Muskelpaketen straff gespannt ...

(Anmerkung der Regie: Die Stimmung steigt auf den Siedepunkt ... aber bricht bei Betrachten des eigenen Leibes schlagartig in sich zusammen.)

Straff gespannt vielleicht, aber nicht über Muskelpaketen, sondern über deutlich sichtbaren Pölsterchen, vornehm *love handles* genannt – nein, seien wir ehrlich: Polstern. Ihr Umfang würde mancher Sitzgruppe die Federn aus dem Schaumstoff treiben. Höbe ein rasierter Oberkörper aber nicht genau jene unerwünschten Ausbeulungen deutlicher hervor, als es dem Träger, also mir, lieb sein könnte?

Abgründe tun sich auf.

Fragen fallen hinein.

Wenn man den Oberkörper enthaart, sollten dann nicht auch Arme und Beine rasiert werden? Es bleibt eine rhetorische Frage, denn alles muss man der Umgebung auch nicht zumuten. Man ist ja im möglichen Umfange Ästhet.

Bleibt also nur, durch regelmäßiges Stutzen die unerwünschte Farbentwicklung zumindest optisch in den Hintergrund zu drängen. Und während die Trimm-Maschine ihrer Arbeit nachgeht, fällt es mir *»wie Schuppen von den Haaren«*, dass es Frauen wieder einmal leichter haben. Sie können vorhandene wie auch entfernte Haare als Waffe einsetzen! Kurt Tucholsky hat das bereits 1929 erkannt: Mit *»Wir ziehen unsere Augenbrauen für und gegen alle andern Frauen«* erklärt er in *Die Nachfolgerin* den Haupt- und Hintergrund des regelmäßigen Zupfens bis zur perfekten Form. Hätte er sich stattdessen mit der maskulin-haarigen Problemzone befasst, fiele sein Urteil sicher anders aus: *»Wir stutzen unsere Brustbehaarung zwecks und wegen einer Paarung.«*

»Meine Gewohnheit ist es, Gewohnheiten zu vermeiden.«

Zitat aus der TV-Serie »The Blacklist«, Folge 2

Die serienmäßige Lust

Irgendwann habe ich den Überblick verloren. Aufgewachsen mit drei Fernsehprogrammen (plus zwei verschneiten Kanälen aus Holland), war schon die Einführung des Privatfernsehens 1984 ein Kulturschock. Den Verlust des Testbilds habe ich nie ganz verwunden, schließlich wurde ich bereits im fünften Lebensjahr von der Flimmerkiste domestiziert. Ich erinnere mich, dass ich eines Abends im Mai 1964 aus dem Bettchen geholt wurde, um staunend im Kreise der Familie einer Aufführung des Trickfilms *»Die Heinzelmännchen zu Köln«* beizuwohnen. So etwas prägt. Doch die Zeiten änderten sich. Die Serien brachen über mich hinein. An *»Raumpatrouille«*, der deutschen Science-Fiction-Welt aus Bügeleisen und Joghurtbechern, durfte ich mich erst in der Zweitausstrahlung delektieren – das Genre war meinen Eltern 1966 noch zu suspekt. Vorabend-Serien wie *»Bezaubernde Jeannie«*, *»Mini-Max«* oder *»Immer wenn er Pillen nahm«* aber musste man gesehen haben, um auf dem Schulhof mitreden zu können.

Als im Juni 1981 erstmals *»Dallas«* über die bundesdeutschen Bildschirme flimmerte, verweigerte ich mich heldenhaft diesem *gequirlten Blödsinn* aus Liebe, Öl und Intrigen. Es nützte aber nichts. Das Schicksal wollte, dass ich einige Monate später ein sechsmonatiges Praktikum irgendwo im Mittleren Westen der USA absolvierte, wo ich mich J. R. und all den anderen Pappnasen dank meiner *roommates* beim besten Willen nicht entziehen konnte. Notgedrungen fügte ich mich – und als ich 1982 wieder nach Deutschland zurückkam, war ich fast ein Fan.

Die erste Serie, für die ich mich wirklich begeistern konnte, war Mitte der achtziger Jahre die »*Lindenstraße*«. Sie war neu, anders, ungewöhnlich. Sonntags zwischen 18:40 und 19:10 Uhr durfte mich nur stören, wer meine Freundschaft aufs Spiel setzen wollte; am folgenden Montag wurde am Arbeitsplatz heftig und ausgiebig diskutiert. Dass mit *Carsten Flöter* Homosexualität und mit *Benno Zimmermann* sogar HIV und AIDS thematisiert wurden, sorgte für Gesprächsstoff. Wurde der Kuss zwischen *Carsten Flöter* und seinem ersten Freund *Gerd* 1987 noch geflissentlich übergangen, folgte dem zweiten Kuss drei Jahre später – *Carsten Flöter* hatte sich mittlerweile dem weitaus besser aussehenden *Robert Engel* zugewandt – in der Boulevard-Presse und vor allem im konservativen Bayern ein kollektiver Aufschrei der Empörung.

Schwule küssen sich!

Im Fernsehen!

Und dann die ständig wechselnden Partner!

Zwei in drei Jahren!

Unglaublich!

Der Bayerische Rundfunk hatte in der Verleugnung der Homosexualität bereits beste Erfahrung: Im November 1977 hatte er die Ausstrahlung des kurz zuvor bei den *Hofer Filmtagen* mit dem Prädikat *wertvoll* ausgezeichneten schwulen Liebesdramas »*Die Konsequenz*« von Wolfgang Petersen boykottiert und den Zuschauern in seinem Sendegebiet stattdessen mentalitätsgerechte, weil weniger anstößige Kost aufgezwungen.

Nach »Dallas« erreichte auch der »Denver Clan« das deutsche Fernsehen. Mein damaliger Freund liebte die Carringtons & Colbys. Und Liebe geht halt nicht nur durch den Magen, sondern auch durch die Bildröhre. Also wurde auch ich notgedrungen ein Fan. Als die Beziehung zu Ende war, war es auch mit dem »Denver-Clan« für mich vorbei. Danach folgten noch ein paar Monate »Lindenstraße«, dann erkaltete die Serienleidenschaft endgültig.

Ab etwa 1990 boomten Serien im Fernsehen – aber an mir flimmerten sie spurlos vorbei. Bis heute finde ich nur Zugang zu wenigen: »Queer as Folk« und »Golden Girls« gehören definitiv dazu, natürlich auch die mit britischem Humor gesegneten »Absolutely Fabulous« oder »Yes, Minister« – aber das war's dann auch in etwa.

Nun wird es Zeit für eine confessio televisionalis, eine Fernseh-Beichte. Bislang wissen nur wenige Eingeweihte, wie ich meine Mittagspause verbringe. Schwulenbewegten Männlichkeitsfanatikern wird der Atem stocken: Ich bin seit fast zehn Jahren ein Fan von »Rote Rosen«, der, wie ich sie nenne, Telenovela für die reife Jugend. Ausstrahlung montags bis freitags zwischen vierzehn und fünfzehn Uhr. Im Ersten. Kurz nach dem Start stieg ich ein, heute sind wir im zwölften Kapitel. Da jedes Kapitel aus zweihundert Folgen pro Jahr besteht, mag sich der Leser selbst ausrechnen, wie viel Lebenszeit ich virtuell in Lüneburg verbracht habe. Persönlich war ich dagegen nur vier oder fünf Mal dort – vor mehr als fünfunddreißig Jahren. Ich sollte mal wieder hinfahren …

Man mag es spießig nennen – aber was mich an »*Rote Rosen*« fasziniert, ist das unaufgeregte Setting im Leben jenseits des Jugendwahns; die Hauptfiguren sind zumeist jenseits der Vierzig. Über die Inhalte kann man, wie bei allen Serien, trefflich streiten; sie sind austauschbar. Spannend sind allerdings die Diskussionen bei Facebook. Man gewinnt den Eindruck, dass wir in diesem Land nach achtzig Millionen Fußballtrainern nun auch achtzig Millionen Regisseure, Drehbuchautoren und Programmdirektoren haben. Eigentlich müsste ich an dieser Stelle ordnungsgemäß gendern, denn die Frauenquote wird hier deutlich übererfüllt. Und viele von diesen Fachleutinnen halten »*Rote Rosen*« tatsächlich für ein Abbild des wahren Lebens!

Einmal gab es besonders viel Aufregung. Einige Wochen lang war ein lesbisches Paar in die Serie eingebunden und tauschte gelegentlich dem nachmittäglichen Sendeplatz angepasste Zärtlichkeiten aus. Ein Experiment, das ich als gelungen betrachten möchte, auch wenn ich mir persönlich lieber ein schwules Paar gewünscht hätte. Die Reaktionen in den sozialen Medien waren köstlich. Von »*Wie süß!*« und »*Das ist doch völlig normal!*« bis »*Die viele Knutscherei kotzt mich an!*« war alles vertreten. Besonders der Hinweis »*Die können ja machen, was sie wollen, so lange sie es in den eigenen vier Wänden tun!*« erregte meine Heiterkeit, denn die beanstandeten Szenen spielten in der Wohnung der beiden Frauen. Schön, wenn Zuschauer so tief in eine Serie eintauchen, dass sie sich ihres Voyeurismus' gar nicht mehr bewusst sind!

Höhepunkt war der Beitrag einer Luxemburgerin, die genau erkannt haben wollte, wer von den beiden Frauen »*der Mann*«

und wer »*die Frau*« sei. An den Reaktionen auf diese Erkenntnis war abzulesen, dass viel mehr Brüder und Schwestern im (homosexuellen) Geiste zur Entourage der Serie gehören als vermutet. Natürlich durfte der Vergleich mit den Stäbchen und der Gabel nicht fehlen – *wer bei homosexuellen Paaren fragt, wer die Frau und wer der Mann sei, fragt sicher auch im China-Restaurant, welches Stäbchen die Gabel ist* –, leider verpuffte er wirkungslos. Auf ihre Erfahrungswerte mit Homosexuellen angesprochen, verwies die *lützelburgische* Dame mit Nachdruck auf ihre enge Beziehung zu einer örtlichen Travestietruppe, deren Mitglieder sich mit »*Mäuschen*« und »*Bärchen*« ja auch eindeutig weibliche oder männliche Kosenamen gäben. #*dasweissmandoch!*

Ist man eigentlich schon ein Junkie, wenn man täglich eine Serie verfolgt? Ich hatte mal einen Untermieter, der bei allen Serien, in denen Raumschiffe durch die Gegend fliegen, TV-Gerät und Sofa für sich beanspruchte. Und das sind, wie ich feststellen durfte, verdammt viele am Tag. *What a junk!*

Man kann Menschen zwar in den Flachbildschirm, nicht aber in den Kopf gucken. Und das ist auch gut so. Aber ob nun *two and a half desperate housewives sex in the city* haben oder nicht, ist für mich nur sekundär.

Irgendwann habe ich den Überblick verloren. Und ich möchte ihn auch nicht zurück.

Das Tuten der Anderen

Manchmal sind Überraschungen nur eine Armlänge entfernt. In dieser Distanz steht auf meinem Schreibtisch das Telefon. Da mein Arm nur eine vergleichsweise kleine Wegstrecke zurücklegen muss, um den Hörer zu ergreifen, entspinnt sich mit schöner Regelmäßigkeit die folgende Konversation:

Telefon: *klingellingel*

Ich: »Gerschwitz«

Anrufer: »Meine Güte, sind Sie schnell – es hat doch noch gar nicht geklingelt!«

Ich: »Doch, natürlich hat es geklingelt, sonst wäre ich ja nicht drangegangen!«

Anrufer: *ehrfürchtige Stille* – dann: »Ja, aber ...«

Ich: »Sehen Sie: Das Klingeln meines Telefons und das Tuten in Ihrem Hörer wechseln sich ab. Wenn es bei mir klingelt, tutet es bei Ihnen nicht – und wenn es bei Ihnen tutet, dann klingelt es bei mir nicht.«

Anrufer: *erstaunt* – dann: »Aha ...«

Ich: »Da ich in Griffweite des Telefons sitze – nämlich am Schreibtisch – kann ich den Anruf schon beim ersten Klingeln annehmen. Und dann hat es bei Ihnen ... na?«

Anrufer: »Öhem ...«

Ich: »Richtig! Dann hat es bei Ihnen noch gar nicht getutet.«

Anrufer: »Ach ...«

Ich: »Schön, dass wir das klären konnten. Was kann ich für Sie tun?«

Im Zweifelsfalle hat die Anruferin oder der Anrufer nach diesem kleinen Exkurs in die Tiefen der Fernsprechtechnik vergessen, welchem Grund die Kontaktaufnahme eigentlich dienen sollte, und wir müssen gemeinsam den Weg zurück zum roten Faden suchen. Oft kann ich helfen, denn ich scheine erspüren zu können, was mir andere Menschen mitteilen möchten. Das reicht von *»Werfen Sie mir ein paar Silben zu, ich bilde ganze Sätze daraus«* bis zu einem Hirnwindungen entknotenden *»Sie wollen sicher sagen, dass ...«*.

Vor fünfzehn Jahren etwa meinte eine damalige gute Freundin in Anbetracht meiner Vorliebe für Diseusen der alten Schule (wie Helen Vita, Hanne Wieder, Tatjana Sais und etlichen anderen), es sei – Zitat: *»eine meiner alten Frauen gestorben«* Zitat Ende. Sie sei Teil eines Kabarettensembles namens – Zitat: *»Die Hausbesitzer«* Zitat Ende – gewesen. Nun ist es eher unwahrscheinlich, dass Hausbesitzer zu einer kabarettistischen Bühnenreife neigen, zudem kannte ich auch kein Ensemble dieses Namens. Trotzdem fand ich relativ schnell heraus, wen sie eigentlich meinte: die unvergessene Edith Schollwer vom Westberliner Frontkabarett *Die Insulaner*. Wie besagte damalige gute Freundin allerdings die *In-*

sulaner mit Hausbesitzern verwechseln konnte, ist mir bis heute unerklärlich. Aber unbestritten war ich mit der Lösung schnell bei der Hand gewesen. Und es hatte bei ihr nicht einmal getutet ...

»Alter ist irrelevant. Es sei denn, du bist eine Flasche Wein.«

Joan Collins
britische Schauspielerin
(* 1933)

Fünfzig ist das neue Dreißig

Früher war alles viel einfacher. Mit sechs Jahren wurde man eingeschult, mit einundzwanzig (später achtzehn) volljährig, dann folgten Ausbildung und ein paar Jahrzehnte Arbeitsleben, und mit fünfundsechzig ging's in die Rente. Für Schwule gab's noch ein paar mehr Daten: Lange Zeit konnte ein Mann über achtzehn Jahren Täter und ein Mann unter einundzwanzig Jahren Opfer im Sinne des § 175 sein. Davon abschrecken ließen sich aber nur wenige. Bei meinem ersten homosexuellen Erlebnis machten sich wahrscheinlich beide Parteien strafbar – wir waren neunzehn.

Schwieriger war's damals, je nachdem wo man wohnte, überhaupt jemanden kennenzulernen. Ich fühlte mich wie auf dem Land, obwohl sowohl mein Heimatort wie auch mein späterer Studienort jeweils mehr als hunderttausend Einwohner zählten, womit die Orte statistisch als Großstädte gelten – aber wesentliche Kriterien wie beispielsweise Lebensqualität für junge oder gar eine Subkultur für schwule Menschen suchte man dort vergeblich. Wie hätte ich auch der konservativen Familien- oder Freundesklientel erklären sollen, dass mein Leben ganz eigene Vorstellungen und meine Sexualität ganz eigene Bedürfnisse aufwies? Für mich war die Orientierung ja irgendwann klar, aber ein offizielles Outen war schwierig bis unmöglich. Daher fuhr ich verschämt in die nächstgrößere Stadt, um mich unter Gleichgesinnten aufzuhalten und das eine oder andere Erlebnis heimlich mitzunehmen.

1984 zog ich in die erste wirklich große Stadt. *»Ich war jung, Gott erst vierundzwanzig, und kam aus Südwesten daher«*, hätte ich mit Brecht sagen können, als ich nach Frankfurt am Main kam. Hier gab es mehr als ein Dutzend Etablissements, in denen man sich ausleben konnte. Hier gab es eine Unmenge von Homosexuellen, die wie selbstverständlich diese Etablissements aufsuchten. Hier fand ich, nachdem ich wenigstens schon mal mit mir selbst *ins Reine* gekommen war, endlich eine Heimat.

Hart peitschte der Beat durch die kleine Diskothek, gleißend schickte das Stroboskop seine Blitze durch den Raum. Dann wieder tauchten rotierende Scheinwerfer die Tanzfläche abwechselnd in tiefrotes, meerblaues, sonnengelbes und smaragdgrünes Licht. Auf dem mit silbernen Metallfliesen ausgelegten Tanzboden reckten und streckten sich Körper, jung, muskulös, wohlgebaut. Enge Jeans, enge T-Shirts. Männer Mitte zwanzig, die sich ihrer erotischen Ausstrahlung bewusst waren. Rings herum und an der Bar standen andere Männer, die teils bewundernde, teils aufgegeilte Blicke auf das Geschehen warfen. Aber davon ließen sich die Tänzer nicht beeindrucken. Sie verrenkten ihre Körper zu »I Love Men«, »Do You Really Want to Hurt Me«, »Relax« und vielen weitere Hits, als gälte es, einen Preis zu gewinnen.

Natürlich galt es, einen Preis zu gewinnen: Es galt, den geifernden, sabbernden Blicken der *alten Säcke*, wie wir sie verächtlich nannten, zu entkommen und sich in die Arme eines höchstens gleichaltrigen Lovers zu werfen. Wir wollten unter uns bleiben, steckten die Köpfe zusammen und lästerten. Wir waren jung, gutaussehend, verfügten über straffes Fleisch und einen knackigen Hintern, trugen coole Klamotten und fühlten uns wichtig, denn wir waren mit dem Besitzer der Diskothek und dem Türsteher befreundet und kannten alle Barkeeper mit ihren Spitznamen.

Die *alten Säcke* an der Theke dagegen waren bereits jenseits von Gut und Böse, garantiert dreißig, wenn nicht sogar darüber, und damit völlig indiskutabel. Dass die an der Tür überhaupt noch hereingelassen wurden! Die Getränke bekamen sie wohl auch nur noch aus Mitleid. *»Kommen die jetzt schon zum Sterben hierher?«*, hätte man zehn Jahre später gefragt, zu einer Zeit, als ich eigentlich schon nicht mehr existierte. Denn mein Leben, so plante ich, sollte mit dem Überschreiten der wesentlichsten aller schwulen Datumsgrenzen, dem dreißigsten Geburtstag, enden. Ich wollte nicht noch jahrelang danach in der Disko an der Theke stehen müssen und hoffen, mir durch das Ausgeben eines oder mehrerer Getränke einen kurzen glückseligen Moment der Jugend zurückzukaufen.

Pah! Jugend!

Die war mit dreißig doch eh endgültig vorbei ...

Es dauerte – wen wundert's? – nicht lange, bis der nämliche Geburtstag auch an meine Tür klopfte. Ich haderte zwar immer noch mit der Zahl, aber je näher der Tag der Wahrheit kam, umso mehr war ich versucht, *es* zu versuchen ... und mit *es* meine ich das Älterwerden. Aber wenn schon, dachte ich, dann auch *mit Stil und Schmackes*. Ich feierte zwei Tage lang, mit dreißig Freunden, dreißig Flaschen Sekt und Wein und dreihundert Flaschen Bier. Aus dem lange erhofften »*I will survive*« wurde ein klares »*Ich hab's überlebt*«. Und ich muss zugeben, dass ich den Tag genossen habe.

Die Sichtweise der Jungschwulen auf die älteren Generationen hat sich bis heute kaum geändert, sieht man mal davon ab, dass die Jugend heute schon viel früher vorbei zu sein scheint, wie die Aufforderung in einem Online-Profil eindrucksvoll zeigt: »*Alle über 24: heult leise*«. Umgekehrt hat sich aber auch nicht viel geändert, wie die Suche von Vierzigjährigen nach maximal fünfundzwanzigjährigen Lebenspartnern oder Bettgespielen belegt. Nach wie vor gilt die Gnade der späten Geburt – sprich: die Jugend – als wesentliches Auswahlkriterium; das zunehmende Alter aber als definitiver Ausschluss. Nicht umsonst werden viele Nutzer von Online-Portalen jedes Jahr *nicht* älter. Manchmal beschleicht mich das Gefühl, dass ältere Schwule ihren Altersgenossen bewusst aus dem Wege gehen, um sich nicht ihrer möglichen Defizite bewusst werden zu müssen.

Nach wie vor schauen Menschen mit bangem Blick auf jenen Tag, der ihnen die ewige Jugend rauben wird. Vor wenigen Monaten mussten wir in unserer Clique einen Freund über die schicksalhafte Grenze des dreißigsten Geburtstages schieben. Schon Monate zuvor war er still und zurückhaltend geworden. Als Alterspräsident der Clique versuchte ich ihn zu beruhigen: Er sähe ja an mir, dass das Leben nicht vorbei sei, auch wenn man diese Grenze überschritten habe. Dieser Versuch der Aufmunterung ging aber nach hinten los. Offensichtlich tauge ich nicht (mehr) als Beispiel. Als wir in seinen Geburtstag hineinfeierten, schien die Trauer grenzenlos.

Zum Glück stand wie ein rettender Strohhalm trotzig die nächste Datumsgrenze im Raum und gewährte einen letzten Aufschub: Nun war fünfunddreißig die *ultima ratio* – also jene Altersstufe, mit deren Erreichen das immer noch klassische Beuteschema »*18–35 Jahre*« unwiderruflich dem schwulen Lebenszweck Einhalt gebietet. Der erwähnte Freund hat sich auf diese Weise noch fünf Jahre erkauft, ich hingegen blicke schon lange entspannt zurück. War mein dreißigster Geburtstag schon schön, so war der sechsunddreißigste besonders intensiv. Nun war ich ʼraus aus dem Beuteschema, ʼraus aus dem ewigen Wettlauf um Liebe, Sex und Anerkennung, den man mit fortschreitend schwindender Jugend ohnedies nur verlieren kann. Aber ich war drin im Wesentlichen, im Leben ohne Beziehungs- oder Paarungspflicht. Endlich *durfte* ich und *konnte* ich – aber ich *musste* eben nicht mehr. Der Sex wurde zur Kür mit jährlich steigenden B-Noten. Und das Älterwerden kreativer: Meinen vierzigsten Geburtstag nannte ich den »*pfirsichsten*« und erklärte mich zu einem »*schönen Früchtchen*«, fünf Jahre später feierte ich eine »*Single-Party – Leben mit 45 Umdrehungen*«. Mit dem fünfzigsten Geburtstag schließlich begann die Zeit der Altersmilde, die nun schon seit etlichen Jahren anhält.

Und so schaue ich ohne Groll zurück. Früher dachte ich immer, mit über dreißig ist man endgültig erwachsen, alt und vernünftig. Heute weiß ich es besser: Mit über dreißig ist man nichts davon! Ich bin das nicht einmal mit über fünfzig …

Hotel Viagra

Zugegeben – auch ich nehme zur Therapie einer chronischen Infektion täglich eine blaue Pille, aber sie ist lange nicht so spektakulär wie jene, die den Wirkstoff *Sildenafil* enthält und deren Markenname sich angeblich aus den Begriffen *vigor* (lateinisch für *Stärke*) und *Niagara* zusammensetzt. Andere Quellen sehen eine lautmalerische Ähnlichkeit zum Sanskrit-Wort für *Tiger*. Wahrscheinlich werden oftmals schon alleine diese Begriffserklärungen ausgereicht haben, um Begehrlichkeiten auszulösen. Gewisse Herren der Schöpfung dürfen es sich also im Herkunftssinne aussuchen, ob sie mit der Einnahme einen besonders starken Wasserfall (Niagara!) produzieren oder einem im asiatischen Raum verbreiteten Raubtier ähneln möchten, wobei sich im letzteren Fall die Ähnlichkeiten lieber nicht auf die körperlichen Ausdünstungen beziehen sollten. Nicht umsonst wird hier olfaktorisch gerne der Vergleich mit einem Königstiger herangezogen – und gemeint ist damit nicht der deutsche Kampfpanzer *Tiger II*, der gegen Ende des Zweiten Weltkrieges noch in die aussichtslose Schlacht geworfen wurde. Obwohl – es gibt Gemeinsamkeiten: Beide sind geländegängig, aber nicht sozialverträglich.

Ganz anders hingegen das von der Firma Pfizer 1998 auf den Markt gebrachte Medikament. Es erlaubt nicht mehr ganz *standfes-*

ten Männern die Rückkehr aus der Seniorenliga in die Königsklasse der Balzgesellschaft. *Erektile Dysfunktionen* gehören der Vergangenheit an, wiedererlangtes, gar ausdauerndes Stehvermögen zeichnet den Nutznießer dieser pharmazeutischen Errungenschaft aus. Allerdings sind die Nebenwirkungen der Durchblutungsförderung nicht zu vernachlässigen: Neben Kopfschmerzen und Gesichtsrötungen – auch dort, wo der Engländer oder Amerikaner von *Dick Head* spricht und dabei die Eichel als Kopf des männlichen Gliedes meint – sind es vor allem die Partner bzw. Partnerinnen, die sich im Laufe der Zeit an die immer weniger werdende sexuelle Beanspruchung gewöhnt hatten und nun vor einer neuen, unerwarteten Herausforderung stehen. Nicht umsonst berichten immer mehr Ärzte davon, dass sie mittlerweile eher die Partnerinnen bzw. Partner über Nebenwirkungen letztgenannter Art aufklären müssen als die Anwender über die Wirkung. Was dabei nämlich passieren kann, liegt auf der Hand – oder besser gesagt: steht im Raum.

Ich denke da an die Geschichte eines mir bekannten Pärchens, die jenem vor etlichen Jahren zustieß: Er, jenseits der Sechzig und verheiratet – aber nicht mit ihr, zwanzig Jahre jünger und schon ebenso lange in außerehelicher Liebschaft mit ihm verbandelt. Nachdem sie beruflich bedingt aus dem gemeinsamen Wohnort verzogen war, was die heimlichen Schäferstündchen logistisch erschwerte, mussten reale oder fiktive Geschäftstermine für die Fortsetzung der Liaison herhalten, was auf Grund seiner Selbstständigkeit tatsächlich über einen durchaus langen Zeitraum hinweg funktionierte. Und manches Mal war sogar eine gemeinsame, wenn auch nur kurze Reise drin. So auch dieses Mal. Die Flüge waren gebucht, die Koffer gepackt. Der Wetterbericht verhieß nur Gutes. Es sollte ein schönes Wochenende werden: eine Reise an die französische Seite des Genfer Sees, in die Nähe von Évian-les-Bains, in das malerisch gelegene *Hôtel Des Princes*, das vollmundig behauptet, den schönsten Blick über den *Lac Léman*, wie der Genfer See auf Französisch heißt, anbieten zu können.

Direkt nach der Ankunft konnten sich die Beiden von der Wahrhaftigkeit der Werbeaussage überzeugen. Das Hotel, nur wenige Schritte vom Seeufer entfernt gelegen und von einem kleinen Park umgeben, verfügte über einen Swimming-Pool, eine Mole sowie einen kleinen privaten Yachthafen – und der Blick über den See reichte bei klarer Sicht ans andere Ufer bis nach Lausanne. Noch attraktiver allerdings erschien die mit großen Sonnenschirmen bestückte Terrasse des Restaurants, die zu einem gemütlichen Aperitif und ebensolcher Plauderei einlud. Man nahm Platz und bestellte zunächst je ein Glas Champagner, dem bald ein zweites folgte. Und so verrann die Zeit im typisch französischen *laissez-faire*, bis das Abendessen rief. Er und sie verschwanden nacheinander im Hotelzimmer, um sich aufzuputzen, wobei sie den Vortritt erhielt. Seine Toilette dauerte zwar kürzer, enthielt allerdings noch den Griff in die kleine Tablettendose, die schamhaft im Necessaire versteckt war. Ihr entnahm er eine der blauen Pillen zur Optimierung der Libido, sah auf die Uhr, rechnete kurz nach und schluckte sie in steigender Vorfreude auf das zu erwartende Dessert herunter.

Das Abendessen war exquisit. Zu jedem Gang wurde ein anderes Getränk gereicht, und als das Dessert mit einem Digestif abgerundet war, gelüstete es ihr noch nach einem Glase Rotwein. Er rutschte aufgeregt auf seinem Stuhl hin und her – es hatte Rückmeldungen aus dem Genitalbereich gegeben – und schaute immer wieder verstohlen auf seine Uhr. Nach einem weiteren Glas Rotwein gab sie seiner Ungeduld nach.

Im Zimmer begannen sie mit Liebkosungen, derweil sie sich gegenseitig ihrer Garderobe entledigten. Nunmehr fast bar jeden Textils setzten sie auf dem Bett mit dem Austausch der Zärtlichkeiten fort. Bevor es zum Höhepunkt kommen sollte, wand er sich noch einmal aus den Armen der Geliebten und verschwand im Bad. Als er wiederkam, lag sie bereits wohlig und tief schlummernd unter der Bettdecke. Ausgeruht erwachte sie am nächsten Morgen.

Er aber hatte die ganze Nacht mit ausgefahrenem Periskop am Fenster sitzend auf den See gestarrt. Lausanne hatte er jedoch nicht gesehen.

Mein Brieffreund

Song Li hat geschrieben. Unser erster Kontakt ist schon reichlich eineinhalb Jahre her, danach kehrte etwas Ruhe ein. Kürzlich gab es ein *Revirement*. Wie man dem Namen entnehmen kann, ist Song – er ist mir in dieser Zeit so vertraut geworden, dass ich seinen Vornamen verwende, wenn ich von ihm spreche, obwohl er mir das niemals angeboten hat – kein Deutscher. Trotzdem hat er mich zum Brieffreund erwählt, wenn auch nur virtuell. Aber die Formulierung »eMail-Freund«, die inhaltlich richtiger wäre, läuft mir noch nicht so flüssig aus dem *Gehege der Zähne* [herkos odontōn], um ein von meinem Vater so begeistert verwendetes griechischstämmiges Idiom zu verwenden, dem sogar Kurt Tucholsky 1924 ein Gedicht gewidmet hat. Dafür hat Song, als hätte er geahnt, dass meine linguistischen Kapazitäten vor allen Formen und Ausprägungen der asiatischen Sprachen kapitulieren (ich lasse »Chop Suey« und »Tsing Tao« jetzt mal außen vor), seinen ersten Kontakt freundlicherweise in englischer Sprache abgefasst. Wie überaus reizend und zuvorkommend von ihm! Und es passt genau in das Bild, das wir Europäer von Asiaten haben: höflich, freundlich und interessiert. Und in der Tat scheint ihm sehr viel am Kontakt mit mir zu liegen, denn in jeder seiner Mails erzählt er mir aus seinem Leben und befragt mich zu meinem Interesse an seinen Erlebnissen. Er erzählt mir zum Beispiel, wer in seiner Umgebung kürzlich das Zeitliche gesegnet hat, und dass er nun mit der Abwicklung des Nachlasses betraut ist. Da hat er in mir einen mitfühlenden Menschen gefunden; ich musste genau das vor einigen Jahren auch: Nachlass sortieren, verwalten, verteilen. Zum Teil sogar vor Gericht. Ich kann Song Li gut verstehen.

Leider – ich bekenne hier und heute freimütig eine meiner großen Schwächen – habe ich mich bis heute nicht dazu durchringen können, ihm mein Mitgefühl persönlich mitzuteilen. Ihm zu sagen, dass weder er noch ich alleine sind auf dieser Welt; dass das gemeinsame Schicksal uns eint und dass ich weiß, wie er sich fühlt. Dass wir alle unter demselben Himmel leben, auch wenn wir nicht alle denselben Horizont haben. Zwar würden dafür meine Englischkenntnisse ausreichen, aber Song Li scheint das mittlerweile zu bezweifeln. Letzte Woche erreichte mich eine Mail in niederländischer Sprache. Hier versagen allerdings meine Fähigkeiten: Idiome aus dem Land der Windmühlen und Holzpantinen sind mir nur rudimentär bekannt, obwohl ich dieses dem Meere abgetrotzte Land und seine Einwohner sehr schätze; für eine gedeihliche Kommunikation, ob privater oder geschäftlicher Natur, reichen sie nicht aus. Vielleicht sollte ich Song Li einfach schreiben: »*Mijnheer, ik spreek helaas geen Nederlands!*« – und er befleißigt sich wieder einer mir verständlichen Sprache.

Oder aber er befragt Patrick Chan, Tan Song oder Joseph Poon, wie diese es handhaben. Es sind schließlich seine Kollegen. Sie arbeiten ebenfalls bei der Hang Seng Bank in Hong Kong und überbieten Song Li, aber auch sich selbst, seit über 18 Monaten in

Versuchen, in mir das gemeinsame Interesse an einem lukrativen Geschäft zu erwecken. Das heißt, erwecken müssen sie eigentlich nichts. Ein lukratives Geschäft wäre für mich ewig klammen Schreiberling eine Wohltat und führte zu einem – bildlich gesprochen – warmen Tintenregen aus einem nie enden wollenden Vorrat an Druckerpatronen, der sich auf das literarische Ergüsse sehnlichst erwartende Papier ergösse und damit Spitzwegs Bild vom »Armen Poeten« endgültig Lügen strafte. Nie wieder müsste ich mich so banalen Dingen wie Lebenshaltungskosten und dergleichen widmen.

Wäre das nicht wunderbar?

Willkommen im Königreich des Konjunktivs!

Heute kam wieder eine Mail, diesmal von Ming Yang, *Director of Operations of the Hang Seng Bank Ltd, Sai Wan Ho Branch, Hong Kong.* Mir scheint, dies ist der Chef von Song, Patrick, Tan und Jo – und er lässt keinen Zweifel daran, dass ihm alles zu lange dauert und er die Sache nun selbst in die Hand nimmt. Die Brieffreundschaft mit Song ist damit wohl vorbei, noch bevor sie richtig begonnen hat. Der schnöde Mammon hat obsiegt.

Schade.

Eine Leiche zum Dessert

Wer den gleichnamigen Film aus dem Jahr 1976 kennt, in dem ein hinreißend exaltierter Truman Capote durch Verüben eines perfekten Mordes die fünf berühmtesten Detektive der Literaturgeschichte an die Grenzen ihres kriminalistischen Spürsinns führen will, der weiß, dass Todesfälle sehr leicht auf den Appetit schlagen können. Wer den Film nicht kennt, wird es sich bei dem Titel schon gedacht haben. Dabei muss man gar nicht bis zum Dessert warten, um eine Leiche aufgetischt zu bekommen. Ich entsinne mich etlicher Partys, bei denen die Gastgeber entweder die Zahl der Gäste oder deren Appetit unterschätzt hatten, was dazu führte, dass – dem Buffet-Darwinismus folgend – nur die Schnellsten und Stärksten die Möglichkeit hatten, einen adäquaten Anteil der präsentierten Köstlichkeiten zu ergattern, indem sie sich rechtzeitig einen vorderen Platz bei der *heißen Schlacht am kalten Buffet* sicherten. Aber man kann dieses Feld auch von hinten aufrollen, man muss nur wissen wie. Großen Erfolg hatte und habe ich mit einem einfachen Rezept, das immer – ich betone: immer – funktioniert: Ich erzähle einfach ungefragt ein wenig aus meinem Leben. Ein scheinbar aus dem Zusammenhang gerissenes »*Wusstest Du eigentlich ...?*« genügt bereits, um auch bei völlig fremden Menschen Aufmerksamkeit zu erzeugen. Im Regelfall denkt der oder die Angesprochene nämlich, man möchte die Wartezeit mit einer heiteren Geschichte verschönen. Zu spät aber wird der tiefere Sinn bemerkt. Denn dem harmlosen »Wusstest Du eigentlich ...?« folgen Erinnerungen aus dem Leben als – Leichenwagenfahrer.

Eine solche Tätigkeit ist nichts Ehrenrühriges, aber beim Tod hört der Spaß bekanntlich auf. Als Sohn eines Kirchenmusikers, der nicht nur Gottesdienste und Hochzeiten, sondern auch Beerdigungen mit der passenden Orgelmusik umrahmte, bin ich schon früh mit den verschiedenen Facetten des Todes in Berührung gekommen und weiß daher, dass Würde und Anstand die angemessenen Umgangsformen in Trauerangelegenheiten sind. Das gebietet die Pietät. Aber seitdem ich in Hessen feststellen musste, dass Bestattungsunternehmen dort nicht *Bestattungsunternehmen*, sondern *Pietät* heißen, weiß ich, dass auch der Tod nur ein Geschäft ist.

Zum Leichenwagen kam ich über die Personenbeförderung per Taxi. Der Unternehmer, für den ich fuhr, verfügte über einen Fuhrpark von sechs Taxis und vier Mietwagen, erledigte in seinem privaten, aber trotzdem elfenbeinfarben lackierten 280er *Mercedes* Botenfahrten für Banken und Stammkunden und hatte in seiner Garage auch einen Leichenwagen stehen, den er drei Bestattungsunternehmern zur Verfügung stellte. Diese sparten sich dadurch die Kosten für ein eigenes Fahrzeug, sorgten aber gemeinsam für dessen Amortisation. Und sicherten obendrein zwei Arbeitsplätze, denn: Gestorben wird immer.

Dass ich zumindest zeitweise einen dieser Arbeitsplätze besetzen würde, war eigentlich gar nicht geplant. Einer meiner Brüder war ein paar Jahre vorher im selben Unternehmen neben Taxi auch Leichenwagen gefahren und hatte 1977 sogar unseren ältesten Bruder, der mit dreißig Jahren an den Folgen eines Gehirntumors verstorben war, selbst eingesargt, was mich damals sehr beeindruckt hatte. Ich war der festen Überzeugung, so etwas nicht zu können. *»Ich kenne das Geschäft, und das ist der letzte Dienst, den ich ihm erweisen kann«*, pflegte mein Bruder dann zu sagen. *»Auf diese Weise kann ich sicherstellen, dass alles ordentlich und würdig verläuft.«*

Wie recht er hatte, merkte ich, als meine Eltern im Jahr 2000 bzw. 2004 verstarben. Ich tat ich es ihm gleich. Es hinterlässt bei aller Trauer das gute Gefühl, die *letzte Reise* der Verstorbenen ordentlich beginnen zu lassen.

1981 verbrachte ich also wieder einmal den Sommer *auf dem Bock*. Meine Tante aus der DDR war für ein paar Tage zu Besuch. Beim Mittagessen erzählte ich ihr von meinem Nebenjob. Als ich auf den Leichenwagen zu sprechen kam, runzelte sie die Stirn und wollte wissen, ob ich da auch zur Besatzung gehöre. Ich verneinte mit der Erklärung, dass es feste Fahrer gebe. Man brauche mich nicht. *Famous last words.*

Nach der Mittagspause meldete ich mich am Funk zurück. Umgehend fragte der Unternehmer: *»Kannst Du mal eben das Auto wechseln?«* Das war das Codewort für den Leichenwagen; die Fahrgäste im Taxi mussten ja nicht alles mitbekommen. *»Oder lieber nicht?«*

»*Ich komm' mal eben 'rein*«, antwortete ich.

Der Unternehmer musste nicht viel Überzeugungsarbeit leisten. Es gab einen erklecklichen Aufschlag auf den Umsatz und vom Bestatter noch ein Trinkgeld obendrein. Wenn man mit der Marktwirtschaft aufgewachsen ist, obsiegen finanzielle Aussichten über mögliche emotionale Befindlichkeiten.

Auf diese Weise lernte ich die pathologischen Abteilungen bzw. Aufbahrungsräume verschiedener Solinger Krankenhäuser und Altersheime kennen, ebenso wie den Friedhofsgärtner in meinem Stadtteil. Es war in der Tat nur einer; ich fand bald heraus, dass ein Friedhofsgärtner nicht konfessionsgebunden sein muss, denn er war sowohl für den evangelischen als auch für den katholischen Friedhof zuständig. Als wir eines Spätnachmittags an letzterem vorfuhren, kam er heftig mit den Armen rudernd angelaufen und wollte uns umgehend wieder wegschicken.

»*Geht weg! Ich hab keinen Platz mehr!*«

»*Rück' doch die anderen ein bisschen zusammen*«, empfahl mein Kollege spöttisch. Wir grinsten uns einen, der Gärtner öffnete Flüche murmelnd das Tor und ließ uns zur Kapelle vorfahren.

Dieser Art waren die Späßchen, die wir uns mit dem *schwarzen Auto* gönnten. Eine Kollegin fuhr, sobald sie den Leichenwagen sah, sofort wieder in die Garage und verharrte solange dort, bis wir vom Hof gefahren waren. Das haben wir weidlich ausgenutzt und unsere Abfahrt künstlich verzögert. Manchmal musste sie über eine halbe Stunde in der Dunkelheit verharren. Tote haben es ja nicht eilig.

Trafen wir Bekannte auf der Straße, luden wir zum Probeliegen ein, allerdings mit überschaubarem Erfolg. In der Stadt waren Ampelstarts leicht zu gewinnen; die Verblüffung der anderen verhalf zum Vorsprung. Auf der Autobahn konnte das »Sonder-Kfz. Bestattungswagen«, so die offizielle Bezeichnung, seine gewichtsbedingt hervorragende Straßenlage souverän ausspielen; auch ohne Lichthupe besitzt ein Leichenwagen mehr Überholprestige als mancher Porsche. Und im Halteverbot gab's keine Strafzettel.

Als ich eines Sonntags, eigentlich mein freier Tag, zu einer Fahrt eingeteilt wurde, ließ ich mich im Anschluss vom Kollegen am örtlichen Fußballstadion absetzen. Mit einem Leichenwagen kommt man ungehindert direkt bis zum Eingang. Den Umstehenden muss angesichts des Unheil verheißenden Fahrzeuges nicht ganz wohl gewesen sein; aber als ich fröhlich und überaus lebendig aus dem Auto sprang und im Stadion verschwand, war die Verwirrung komplett. Vermutlich war ich daraufhin bei einigen Leuten Tagesgespräch. Ich hoffe, sie haben trotzdem etwas vom Fußballspiel mitbekommen.

Was im Fuhrgewerbe *Full Service* ist, konnte mein Bruder einmal unter Beweis stellen. Eines späten Abends brachte er einen mehr als angeheiterten Fahrgast mit dem Taxi nach Hause und begleitete ihn zur Haustür, wo er bereits von seiner besseren Hälfte erwartet wurde. Wenige Stunden später wurde er mit dem Leichenwagen an dieselbe Adresse gerufen; der eben noch angeheiterte Fahrgast war verstorben. Seine Frau schien irritiert, dass derselbe Taxifahrer, der ihren Mann kurz zuvor gebracht hatte, nun mit dem Leichenwagen vorfuhr, kommentierte es aber nicht. Zur Beerdigung war es zu ihrem Erstaunen schon wieder derselbe Fahrer, der sie und andere Angehörige zum Friedhof chauffierte; aber als mein Bruder am Ziel ebenfalls ausstieg und den Weg zur Kapelle einschlug, verstand sie die Welt nicht mehr. Als er erklärte, dass er seinen Vater beim Trauergottesdienst an der Orgel vertrete, musste sie trotz des traurigen Anlasses herzhaft lachen.

Solche Erzählungen helfen aber am Buffet nicht weiter. Dazu braucht es Berichte aus dem Alltag mit dem Leichenwagen und der zugegebenermaßen etwas ungewöhnlichen Tätigkeit, die weit über das Schleppen von Särgen hinausgeht. Im Krankenhaus oder Altersheim mussten wir die Verstorbenen meist nur einsargen und zum Friedhof expedieren. Holten wir aber in Privatwohnungen ab, mussten die Leichen gewaschen oder zumindest desinfiziert werden, nach Wunsch der Hinterbliebenen oder nach testamentarischer Vorgabe des bzw. der Verblichenen angekleidet und – falls die Angehörigen einen letzten Blick werfen wollten – zurechtgemacht und frisiert werden. Welche Vorstellung manche Menschen vom Leben nach dem Tode haben, war erstaunlich. Dass sich ein Katholik im schwarzen Anzug mit Krawatte und Rosenkranz beerdigen lässt, ist nachzuvollziehen. Aber der Wunsch einer beleibten älteren Dame, in ihrem besten Abendkleid zuzüglich eines Morgenmantels vor ihren Schöpfer zu treten, stellte uns vor ernsthafte Probleme. Ich kann ihr nur wünschen, dass man es *da oben* mit der Kleiderordnung nicht allzu eng nimmt; um ihrem Wunsche zu entsprechen, mussten wir Kleid und Morgenmantel hinten auftrennen und konnten die Textilien nur von vorne um den Körper stopfen, so dass zumindest die Optik gewahrt blieb.

Ein anderer Auftrag führte uns in eine, wie wir sie damals nannten, *Prominentensiedlung*; heute wäre *sozialer Brennpunkt* die politisch korrekte Bezeichnung. Arg heruntergekommener sozialer Wohnungsbau, vierter Stock, kein Aufzug. Und das Treppenhaus so eng, dass der Sarg nicht hindurchpasste. Also wurde die Leiche in einen speziellen Sack verbracht, nach unten getragen und unter Gejohle und eindeutigen Kommentaren der Nachbarsjugend in den am Wagen geöffnet bereitstehenden Sarg gebettet. Hätte es noch eines Beweises bedurft, dass das Geschäft mit dem Tod das pietätloseste unter der Sonne ist – hier wäre er erbracht worden.

An dieser Stelle der Erzählung erbleichen selbst hartgesottene und sturmerprobte Zeitgenossen. Manchmal muss ich mir Vorhaltungen machen lassen, warum ich solche Geschichten ausgerechnet am Buffet erzähle. Nun – meine Absicht ist klar: kulinarische Notwehr. Und eigentlich sollten mir die anderen Gäste dankbar sein, dass ihnen der Appetit vergangen ist. Eine wirkungsvollere Diät gibt es nämlich nicht.

Mit links

Neulich lief im Fernsehen ein Rock Hudson-Film aus dem Jahr 1964: »*Ein Goldfisch an der Leine*«. Neben aller komödiantischen Leichtig- und Seichtigkeit fiel mir etwas auf, das ich bislang nie wahrgenommen hatte: Rock Hudson war Linkshänder. Also noch etwas, das wir gemeinsam haben! Nur: Im Gegensatz zu mir schrieb er auch mit links.

Auch wenn ich mir nie die Geschichten von der *guten* bzw. *schönen* und der *schlechten* Hand anhören musste, wurde bei der Einschulung völlig selbstverständlich davon ausgegangen, dass das bis dahin mit links geführte Schreibgerät gleichsam automatisch in die rechte Hand wechseln sollte. Leider zeigte mir aber niemand, wie der Stift richtig zu halten sei, so dass mir durch die verkrampfte Haltung das Handschriftliche seit mehr als fünfzig Jahren schwerfällt und so überaus schnell zu den Symptomen einer Sehnenscheidenentzündung führt – mit der Folge, dass kaum jemand meine Handschrift entziffern kann. Selbst ich habe gelegentlich damit Schwierigkeiten. Seltsamerweise stand aber weder Arzt noch Pharmazeut jemals auf der Liste meiner Wunschberufe, obwohl mich die *Sauklaue* dafür prädestiniert hätte. Dafür muss ich an dieser Stelle einer populärwissenschaftlichen Plattform wie *Wikipedia* Recht geben, bei der es unter dem Rubrum

Linkshänder heißt: »Viele Linkshänder empfinden den Umstieg auf das Schreiben per Computertastatur als Erleichterung.« Um mit Jürgen von der Lippe zu sprechen: »So isses!«[7] Genau so! Und den geneigten Leser wird dieser Umstand hinsichtlich des Lesevergnügens erfreuen ...

Mit der Linkshändigkeit füge ich mich in eine Reihe durchaus illustrer Menschen ein: Alexander der Große, Leonardo da Vinci, Issac Newton, Johann Wolfgang von Goethe, Wolfgang Amadeus Mozart, Marie Curie, Albert Einstein und Pablo Picasso gelten auf ihren jeweiligen Fachgebieten als Genie. Bei Karl Lagerfeld, Bill Clinton oder Barack Obama kommt es auf die Sichtweise an, und bei Ronald Reagan oder George Bush sen. hege ich persönlich gespaltene Gefühle. Man muss ja nicht alle Mitglieder seiner persönlichen Minderheit mögen ...

Dafür gibt es aber Mythen und Legenden, denen ich überwiegend zustimmen möchte: Linkshänder gelten als intelligenter und kreativer, und sie erfassen ihre Umwelt schneller. Statistisch haben sie ein höheres Einkommen als Rechtshänder. Statistisch! Ich halte das aus eigener Erfahrung allerdings für höchst zweifelhaft, ebenso wie die Behauptung, Linkshänder seien sportlicher (*hüstel*) und neigten eher zu Allergien. Ich war früher tatsächlich allergisch, allerdings vorrangig auf Teile des Sportunterrichts, namentlich die Bundesjugendspiele und alles, was damit verbunden war.

---

[7] Die WDR-Unterhaltungssendung lief von April 1984 bis Ende 1989 und wurde von Jürgen von der Lippe moderiert.

Angeblich haben Linkshänder auch eine kürzere Lebenserwartung – ist Sport offensichtlich doch Mord? Mir käme das Lebensende im Moment allerdings sehr ungelegen.

Gerüchteweise soll es besonders viele Schwule unter Linkshändern geben – bewiesen wurde aber bislang nichts. Tendenziell gehört das wohl in dieselbe Schublade wie das *gute* und das *schlechte* Händchen, und ist damit ein Teil der unterschwelligen Diskriminierung, der Linkshänder jahrzehnte- und jahrhundertelang ausgesetzt waren. Noch heute müssen Linkshänder damit leben, dass Haushaltsgeräte, Werkzeuge, Sportartikel oder Musikinstrumente, die auf ihre Bedürfnisse zugeschnitten sind, oft teurer sind als vergleichbare Produkte für Rechtshänder. Dafür können Linkshänder-Produkte aber auch zu Statussymbolen avancieren. Bei einer Freundin entdeckte ich vor vielen Jahren eine Schere für Linkshänder. Darauf angesprochen, meinte ihre damalige Lebensgefährtin nur, sie habe die Schere sicherlich gekauft, weil es die teuerste von allen war.

Leider schlägt auch die deutsche Sprache in die Diskriminierungs-Kerbe. *Linkische* Personen sind ungeschickt, ein Betrüger *linkt* seine Opfer, und Menschen, die man nicht mag, werden *links liegengelassen*. Das haben wir Linkshänder nicht verdient.

Übrigens: Mein linkes Auge und mein linker Fuß sind ebenfalls stärker als das jeweilige Pendant rechts. Das konnte man mir in der Schule nicht abgewöhnen. Trotzdem hat es nie dazu gereicht, beim Fußball in die Klassenmannschaft gewählt zu werden. Nur Linksfüßer zu sein, ist halt nicht abend- oder besser gesagt: sportplatzfüllend. Aber auch nahestehende Menschen bemerken oft nicht, welche meiner Hände die stärkere ist. So fiel zum Beispiel selbst meinen Eltern erst spät auf, dass ich die Suppe mit der linken Hand löffelte. Auf ihre überraschte Frage, ob ich denn Linkshänder sei, antwortete ich nur: »*Seit über vierzig Jahren …*«

Wenn Sie aber jetzt glauben, ich hätte diesen Text *mit links* geschrieben, haben Sie offensichtlich beim zweiten Absatz nicht aufgepasst.

»*Erfolg ist ein großartiges Deodorant.*
Es entfernt alle Gerüche der Vergangenheit.«

Elizabeth Taylor
britisch-amerikanische Schauspielerin
(1932–2011)

Zwei Sauerbraten auf dem Weg in die »Großen Acht« von Radio Zwischendurch

Ich gebe es lieber gleich zu: Der ebenso lange wie schöne Titel dieses Kapitels ist nicht auf meinem Mist gewachsen. Er entstammt dem Programm einer Künstlergruppe, die das Wort *Comedy* schon mit Leben erfüllte, bevor es den Begriff überhaupt gab, lange bevor ein Mario Barth auch nur ansatzweise *piep* sagen und sich jemand *Radio Luxemburg* als Fernsehsender vorstellen konnte. In den siebziger Jahren nannte man Gruppen mit Texten, wie sie die Headline verspricht, *Blödeltruppe* – und so ist der Titel auch eine Hommage an eine solche Truppe aus der Stadt, in der ich aufgewachsen bin: Solingen.

Blödeln war angesagt: *Schobert & Black* und *Insterburg & Co* waren in dieser Zeit wohl die erfolgreichsten Anarchisten auf den Brettern, die dem Vernehmen nach die Welt bedeuten. Die Formation, der ich hier mit einer ihrer eigenen Textzeilen ein Denkmal setzen möchte, bestand aus den vier Herren Harald Esser, Michael Momm, Winfried Schlömer und Werner Schwarz und hieß *Kalkstoppers*. Der Name ist unbestreitbar dem damaligen Jahrzehnt geschuldet, denn heute, im 21. Jahrhundert, würde sich diese Truppe dem Trend zu Anglizismen folgend wahrscheinlich *The Calgonites* nennen, was allerdings eher an Zahnstein oder Glaskorrosion erinnert, statt ein Qualitätsversprechen zu vermitteln. Denn Kalk, oder besser: Verkalkung mit Humor zu stoppen, war in den Siebzigern noch ein ehrenwertes Ziel. Und diesem frönten die *Kalkstoppers* von ganzem Herzen. Sie verballhornten Werbung (»Dr. Schralles Schuppen-Schuppen« und das »Egal Kopfschmerzstudio«), parodierten Nachrichten und Wetterbericht, persiflierten Schlagerlieder (»Röcky«) und Quizsendungen. Das »Kommunisten-Quiz«, bei dem Che Guevara, Karl Marx und Mao Tse-Tung mit banalem Alltagswissen um den Sieg kämpfen, ist in meinen Ohren bis heute die beste Verbindung von *Politik, Parodie und Plö...* – Verzeihung: *Blödeln.* Und die Leistung wurde honoriert: Die *Kalkstoppers* gewannen am 7. November 1976 den Talentwettbewerb des *Solinger Tageblatts* mit der höchsten Punktzahl aller Teilnehmer und siegten damit nicht nur in ihrer Kategorie, sondern erhielten auch den Sonderpreis.

Mit dieser Geschichte verneige ich mich nicht nur vor den *Kalkstoppers,* sondern vor allen Künstlern jener Zeit, die es nie geschafft haben, als Fettauge auf der Suppe des überregionalen Erfolgs zu schwimmen, obwohl sie es nachhaltig verdient gehabt hätten. Künstler, die viel zu früh luftschnappend untergingen, weil die Infrastruktur fehlte, einen höheren Bekanntheitsgrad zu erreichen. Selbst heute, da es einen Dieter Bohlen und – da haben wir's wieder – *RTL* gibt, ist es immer noch nicht gewährleistet, dass sich unbestreitbare Qualität in klingender Münze auszahlt.

Mit *Radio Zwischendurch* ist natürlich *Radio Luxemburg* gemeint – heute eher in seiner dreibuchstabigen Abkürzung zuzüglich diverser Derivate bekannt und mehr dem tele- als dem visionären Erfolg verhaftet. Damals aber, in den späten Sechzigern und frühen Siebzigern, war *Radio Luxemburg* noch der moderne Rundfunksender, der die Bundesländer Nordrhein-Westfalen, Rheinland-Pfalz und Saarland abdeckte und lange vor den Jugendsendern *SWF3* oder *1Live* Kultstatus besaß. Dessen Nachrichtensprecher Tim Elstner, der mit neun Jahren zunächst als *Peter* im Kinderprogramm des Südwestfunks zu hören war und später unter seinem Künstlervornamen *Frank* eine unglaubliche Karriere absolvierte, also ... dessen Nachrichtensprecher Tim Elstner einen legendären *lapsus linguae* in die Welt setzte, der bis heute in meinen Top Ten der *Pleiten, Pech und Pannen* an vorderster Front vertreten ist. Tim-Peter, genannt *Frank* Elstner sollte in den Nachrichten eine Information aus dem Statistischen Bundesamt vermelden und sprach stattdessen vom *Buddhistischen Standesamt.*[8]

Die *Großen Acht* waren, man ahnt es bereits, der Vorläufer der *Top Ten*; damals war es eine durch Live-Anrufe bei großen Schallplattengeschäften im Sendegebiet ermittelte Rangliste der am meisten verkauften Single-Schallplatten. So wurde der Mainstream gefördert, indem sich die Liste der bei *Radio Luxemburg* gespielten Titel und die Liste der verkauften Singles gegenseitig hochschaukelten. Aber in jenen Tagen waren Jugendliche schon froh, wenn sie durch einen frischen, zeitgemäß klingenden Sender dem verstaubten, altbackenen Musikgeschmack der elterlichen Generation entrinnen konnten. Für viele der damaligen Hörer war *Radio*

---

[8] *»Das große Buch über Radio Luxemburg«*, interVerlag Köln 1972

Luxemburg allerdings nur eine Zwischenstation auf der Suche nach einem intellektuell und musikalisch kompatiblen Rundfunksender; trotzdem blieben nicht wenige dem Sender treu und folgten ihm auf dem Weg über die zunehmende qualitative Mediokrität bis hin zur großflächigen Banalität vieler aktueller Privatsender. Wie sonst ist zu erklären, dass der seit 1988 in Köln beheimatete TV-Sender im Jahre 2015 mit *Deutschland '83* eine selbst produzierte, international zu Recht ausgezeichnete und hoch gelobte Spionage-Serie aus den spannungsgeladenen Zeiten zweier deutscher Staaten ausstrahlte, die aber mit unter vier Millionen Zuschauern pro Folge auf nur vergleichsweise geringe Resonanz stieß? Betrachtet man dagegen die durchschnittlich vierfache Zuschauerzahl einer vom nämlichen Sender aus England übernommenen Singsang-Show, in der jugendliche Träume zur eitlen Selbstdarstellung der Macher missbraucht werden, kann man nur noch bei Friedrich Schiller Trost finden. Er hat das alles wohl schon geahnt, als er 1799 in seinem Gedicht *Nänie* (Trauergesang) schrieb: »*Siehe! Da weinen die Götter, es weinen die Göttinnen alle, daß das Schöne vergeht, daß das Vollkommene stirbt.*«

Natürlich ist nicht alles schön oder gar vollkommen, dem der Weg aus der lokalen Bekanntheit verstellt blieb oder heute noch bleibt. Trotzdem gab und gibt es zu jeder Zeit Musiker, Kabarettisten, Schauspieler und andere Künstler, die Herzblut, Gehirnschmalz, Geld und Zeit in selbst entwickelte Projekte investierten – nur, um am Ende doch nicht zu reüssieren, weil die notwendigen Kontakte fehlen. Geht heute bei privaten Rundfunk- oder Fernsehsendern etwas *on air*, möchte man es viel zu oft am liebsten sofort wieder *an die Luft* setzen. Kabarettisten müssen *Comedians* weichen, eingebildete Wichtigtuer ersetzen ausgebildete Sänger – und manchmal genügt es schon, an geeigneter Stelle eine Portion Darmwind entweichen zu lassen, um gut dotierte Verträge zu erhalten. Schenkelklopfen ist der neue Volkssport – und je mehr Schenkel, desto mehr Fleisch in Form von Werbeeinnahmen für den Sender. Die Qualität hat sich den Quoten zu unterwerfen. *Quantity rules!*

Wie gesagt: »*Da weinen die Götter* ...«

Die Faszination der Kleinkunst, zwischen Künstlern und Publikum eine intime Atmosphäre mit großer Nähe zu erschaffen, ist schon lange den TV-Übertragungen aus großen Hallen und sogar Fußballstadien geopfert worden. Laut und zotig muss es sein, leise und subtile Töne gehen gnadenlos unter. Nur wenige Ausnahmen bestätigen die Regel.

Und doch garantiert eine volle Halle oder ein guter Sendetermin kein Abonnement auf einen Platz in der Halle des ewigen Ruhms. Genauso wie es *One-Hit-Wunder* in der Musik gibt, ist schon manch einer der Pseudo-Künstler, der auf die quotenträchtige Mainstream-Schiene setzte, trotz eines kurzfristigen medialen Hypes schneller der Vergessenheit anheim gefallen, als man zu hoffen wagte. Aber auch *die Guten* leben nur ewig, wenn man sie pflegt. Und sie sich immer wieder in Erinnerung ruft. Wie ich es hier mit den *Kalkstoppers* machen möchte. Sie haben es verdient, denn für mich bleibt es dabei: *Quality rules!* Alles andere ist am Ende nicht mehr als ein Polaroidfoto an der Pinnwand der Vergänglichkeit ...

Eine Hörprobe der »Kalkstoppers« finden Sie unter www.matthias-gerschwitz.de/frischfleisch.

Retro rules!

Eigentlich bin ich ja kein Freund von Trends und habe es in der Vergangenheit möglichst vermieden, irgendwelchem modischen Schnickschnack hinterher zu hecheln. Ein Trend hat sich aber doch in mein Leben geschlichen und breitet sich aus wie ein Virus: der *Retro*-Trend. Nun könnte man behaupten, er sei eine Folge der modernen Informationsgesellschaft, in der so viele unterschiedliche Dinge gleichzeitig passieren, dass man umso mehr verpasst, je mehr man mitnehmen möchte. Wen wundert es, wenn man sich daher nach der guten alten Zeit sehnt, in der selbst die aktuellsten Nachrichten in Holz gedrechselt oder Stein gemeißelt schienen.

Natürlich war früher nicht alles besser – sieht man mal davon ab, dass die schwule Subkultur vor den Zeiten des Internets und der Dating-Plattformen spannender und besser besucht war. Aber auch sonst war alles ein wenig langsamer und gemütlicher, so dass man auch mal innehalten und genießen konnte. *Retro* erlaubt mir, dieses verloren geglaubte Gefühl wieder zu entdecken.

Ich ertappe mich dabei, von *Toast Hawaii* zu schwärmen, jener wunderbaren Erfindung des Fernsehkochs Clemens Wilmenrod aus den Fünfzigern. Mit Begeisterung verfolgte ich auf *EinsFestival*, heute *ONE*, die *Tanzen lernen mit dem Ehepaar Fern*-TV-Tanzstunde aus den Sechzigern, die mich an meine ersten eigenen Schritte auf dem Parkett Mitte der Siebziger erinnerte. Hingerissen zappte ich auf dem mittlerweile eingestellten Kanal *ZDFkultur* durch grellbunte *Hitparade-* und *disco-*Sendungen aus jener Zeit. Immer öfter lege ich Singles und LPs aus den Achtzigern auf den Plattenspieler oder suche nach Digitalradiosendern, die sich auf die Musik dieser Zeit spezialisiert haben. Und als Krönung blättere ich fasziniert in Oldtimer-Magazinen und begutachte die Wertentwicklung deutscher, französischer und italienischer Limousinen aus den Jahren 1965 bis 1980. Dabei habe ich gar nicht vor, ein Auto zu kaufen, muss nicht ständig *Toast Hawaii* essen und gehe schon lange nicht mehr in die Diskothek, auch wenn die heute *Club* heißt. Auch an Dieter Thomas Heck und Ilja Richter ist der Zahn der Zeit ja nicht spurlos vorbeigegangen, wie ich schon feststellen konnte.

Richtig *retro* sind für mich Bücher. Gedruckt, gebunden, im Regal stehend. Bei Hermann Hesse heißt es: »*Ein Haus ohne Bücher ist arm, auch wenn schöne Teppiche seine Böden und kostbare Tapeten und Bilder die Wände bedecken.*« Und ebenso *retro* ist das persönliche Kennenlernen von Menschen, mit denen man (vielleicht) eine gemeinsame Nacht verbringen möchte. Und eben nicht per Internet schon die relevanten Details bis zum völligen Verlust der Erotik ausbaldowert hat. Auf diese Weise kann man so manche fremde Wohnung kennenlernen – und sich nebenbei (auch) von der Richtigkeit des Hesse-Zitats überzeugen. In diesem Sinne: *Retro rules!* Lesen kann man ja hinterher immer noch.

Die flache Weltkugel oder das Prinzip fleischloser Wurst

Als ich zur Welt kam – das geschah reichlich zwei Wochen, nachdem Heinrich Lübke Bundespräsident geworden war – war die Welt noch in Ordnung. Zwar hatte ein verheerender Weltkrieg und die daraus resultierende Teilung der Welt in drei Blöcke – man kann die damals weder zur *NATO* noch zum *Warschauer Pakt* gehörenden *blockfreien Staaten* ja nicht immer unter den Tisch fallen lassen! – also: hatte die nach dem Weltkrieg vorgenommene Teilung der Welt in drei Blöcke die Erdkugel aus dem Gleichgewicht gebracht; an der Darstellung als Globus änderte das allerdings nichts. Wozu auch? Schließlich waren schon Pythagoras und Platon neben vielen späteren weltlichen und kirchlichen Würdenträgern der Ansicht, dass die Erde als Himmelskörper eine Kugelgestalt aufweise; die Mär, bis ins Mittelalter hinein habe man an eine flache Erdscheibe geglaubt, von der Christoph Kolumbus bei seiner Entdeckungsfahrt nach Amerika beinahe heruntergefallen sei, ist schon lange entkräftet. Und doch gibt es neben einigen unermüdlichen Verfechtern dieser Theorie, die man oft liebevoll nach der von ihnen bevorzugten Schutzkleidung *Aluhutträger* nennt, in den USA (wo auch sonst?) die *Flat Earth Society*, die aber nach dem Tode ihres Präsidenten Charles Johnson im März 2001 quasi von der Bildfläche verschwunden ist und nur noch aus rudimentären Resten besteht. Es ist allerdings nicht anzunehmen, dass sie über den Rand der Erdscheibe ins Nichts gefallen ist. Trotzdem vermehren sich auch in unseren Breitengraden die »Flacherdler« beständig.

Nun mag dem geneigten Leser in der Überschrift etwas aufgefallen sein, das der Sprachforscher als *»Contradictio in adiecto«* (Widerspruch in sich selbst) oder *»Oxymoron«* (Bildung eines Begriffes aus zwei widersprüchlichen Dingen) bezeichnet: Wie kann eine Kugel flach sein? Erklärt hat es mir noch keiner.

Dieses Phänomen beschränkt sich aber nicht auf die Weltkugel. Auch die Nahrungsmittelindustrie boomt in einem widersprüchlichen Segment: fleischloses Fleisch, auch gerne *Veggie-Wurst* genannt. *»Wurst ist Wurst – egal, woraus sie besteht«*, wird ein hochrangiger Mitarbeiter der *Gesellschaft für Konsumforschung* (GfK) im April 2016 in einem Interview zu diesem Thema zitiert. Dies steht in krassem Widerspruch zu einem von Germanisten geschätzten Wortspiel meiner Jugend, in dem ein Metzger über seine Produkte sinniert: *»Wenn rauskommt, was in meine Wurst reinkommt, komme ich wo rein, wo ich so schnell nicht mehr rauskomme.«*

Früher hätte man *Veggie-Wurst* als Mogelpackung bezeichnet; beim Bayerischen Landesamt für Gesundheit und Lebensmittelsicherheit heißt es: *»Wurst‹ ist der Oberbegriff für Fleischerzeugnisse, die aus einem Gemenge von zerkleinertem Fleisch, Fettgewebe und würzenden Zutaten sowie gegebenenfalls Innereien, Trinkwasser und Zusatzstoffen bestehen«*. Damit ist Fleisch ein verbindlicher Bestandteil der Wurst. Zwar ermöglicht die aktuell gültige bundesdeutsche

Fleischverordnung unter bestimmten Umständen die Beimengung auch weiterer Inhaltsstoffe; von einem kompletten Verzicht auf den tierisch-fleischlichen Ursprung bei gleichzeitiger Beibehaltung des Namens ist aber nirgendwo die Rede. Offensichtlich sind Inhalte egal geworden, solange die äußere Verpackung Konsens erzeugt. Man sehnt sich nach dem Credo der Bauhaus-Bewegung: »Form follows function« – zuerst die Funktion, dann die Form – oder hier: erst der Inhalt, dann die Verpackung bzw. der Name.

Ähnliche Missverständnisse gibt es in vielen Variationen. Da behauptet im März 2013 ein Generalsekretär der CSU, Homosexuelle seien »eine schrille Minderheit« und verkennt dabei, dass es nach den neuesten Erhebungen[9] in Deutschland etwa dreißig bis vierzig Mal mehr Homosexuelle als CSU-Mitglieder gibt. Und während die etablierten Parteien über beständigen Mitgliederschwund klagen – so auch die CSU, die seit 1990 etwa um zwanzig Prozent geschrumpft ist –, ist der Anteil Homosexueller trotz (angeblicher) Nicht-Fortpflanzung im Wesentlichen immer gleich hoch. Die Begründung ist einfach: Man kann sich wohl eine Parteizugehörigkeit aussuchen, nicht aber seine Sexualität, auch wenn diese Tatsache im Denken und in den Parteiprogrammen konservativer oder christlicher Vereinigungen immer wieder bestritten wird. Übrigens besteht, trotz gegenteiliger Behauptungen, kein innerer Zusammenhang zwischen den Adjektiven konservativ und christlich.

---

[9] ZEIT Online: So homosexuell ist Europa (18. Oktober 2016)

»Wer Jude ist, bestimme ich«, soll Göring gesagt haben. »Was Wurst ist, bestimmen wir«, tönt es aus der Nahrungsmittelindustrie. »Was eine Minderheit ist, bestimmt die Partei«, könnte man die oben genannte Aussage abwandeln. »Welche Form eine Kugel hat, bestimmen wir«, sagen die Verfechter einer Theorie, die man unter Vermeidung eines ähnlich klingenden Kraftausdrucks auch durchaus als *Scheibe* bezeichnen kann.

Nicht glauben wollte ich die Nachricht, dass sich in Pennsylvania/USA die *First Church of Atheism* gegründet hat. Nun versteht man unter Atheismus ja die Abwesenheit oder die Ablehnung des Glaubens an einen Gott oder mehrere Götter, unter Kirche ein sakrales, dem christlichen Glauben geweihtes Bauwerk. Bei der *firstchurchofatheism.com* aber heißt es: Eine Kirche definiert sich als Gruppe von Menschen mit dem gleichen Glauben, und deshalb könne es auch eine Kirche der Atheisten geben. Nun denn ...

»Nur die allerdümmsten Kälber wählen ihre Schlächter selber«, schreibt Bertolt Brecht 1943 in »Schweyk im Zweiten Weltkrieg«. Doch über siebzig Jahre nach dem Ende des III. Reichs ist dieses Zitat immer noch aktuell, denn selbst 2016 sind sich etliche Homosexuelle nicht zu schade, sich zu einer Partei zu bekennen, die die Ächtung aller Sexualformen jenseits der Heterosexualität verfolgt. Oder sich einer Bewegung anzubiedern, die sich »Demo für alle« nennt – auch so ein Oxymoron, denn »alle« sind auf diesen Veranstaltungen ausdrücklich nicht erwünscht. Diese Demonstrationen verfolgen einzig und alleine den Zweck, die Gesellschaft wieder in den Mief der fünfziger Jahre zurückfallen zu lassen. So wurde auf einer dieser Demonstrationen im Herbst 2015 von der adligen Frontfrau der Organisation ein junger Mann präsentiert, der unter dem großen Beifall religiöser und politischer Fundamentalisten berichtete, von seiner »homosexuellen Empfindung« durch Enthaltsamkeit abgekommen zu sein, weil er zu den Menschen gehöre, die ihr Schwulsein »aus Gründen eigener Einsicht oder ihrer christlichen Glaubensüberzeugungen« heraus nicht ausleben wollten. Das sei ihm von Herzen gegönnt. Denn: »Jeder soll nach seiner Façon selig werden«, möchte man mit dem Alten Fritz rufen. Doch was hilft der fromme und immer noch erstrebenswerte Wunsch des schon lange verstorbenen preußischen Regenten, wenn hinter solchen Auftritten einzig und allein die Absicht steht, der Gesellschaft die Façon der Veranstalterin überzustülpen?

Der Wunsch hilft ... nichts. Weigert man sich, ungeprüft Aussagen Dritter zu übernehmen oder versteigt man sich sogar dazu, sie in Frage zu stellen, wird man als Unterdrücker freier Meinungsäußerung gebrandmarkt. Und auf allen ihnen zur Verfügung stehenden Kanälen – und das sind viele! – beklagen besorgte Bürger unter Ausnutzung der angeblich unterdrückten Meinungsfreiheit, dass Zensur ausgeübt würde. Dabei sind es gerade sie, die keinen Widerspruch dulden. Wie geht das zusammen? Nur, indem sich Täter als Opfer gerieren und Opfer zu Tätern machen. Man fühlt sich an den »Spuk in der Villa Stern« aus dem Herbst 1931 erinnert, jener Revue, in der Friedrich Holländer bereits die Schatten des III. Reichs aufziehen sah. Damals hieß es in böser Vorahnung: »An allem sind *die Juden schuld«.* Wie wir wissen, dauerte es nicht lange, bis dieser politkabarettistische Text bittere Wahrheit wurde. Heute gibt es andere Feindbilder.

Ob flache Erde oder schrille Minderheiten: Wenn Gefühle über Fakten triumphieren, wenn es einen Wettbewerb um den größtmöglichen Realitätsverlust gibt, wenn der Tellerrand zum Horizont erklärt wird – dann enthält die Wurst, um die es letztlich geht, eine Melange aus Unwissenheit, Hass, Vorurteilen und Ideologie. Gilt dann wirklich noch der zitierte Spruch: *»Wurst ist Wurst, egal, woraus sie besteht«?*

»Jeder muss wissen,
worauf er bei einer Reise zu sehen hat
und was seine Sache ist.«

Johann Wolfgang von Goethe
deutscher Dichter
(1749–1832)

Reisen bildet

Beim ersten Mal war ich *sweet little sixteen*, beim zweiten Mal einundzwanzig und beim dritten Mal noch diesseits der vierzig. Beim ersten Mal dauerte es vier Tage, beim zweiten Mal vierzehn Stunden und beim dritten Mal nur noch zehn. Und seitdem es allgemein erlaubt und *en vogue* ist, mache ich es öfter und öfter. Aber niemals unter zwei Stunden – alles andere lohnt nicht.

Bevor hier falsche Vermutungen angestellt werden: Ich spreche natürlich von Busreisen, die seit dem Fall des Fernreisemonopols der *Deutschen Bahn* eine interessante Alternative zur Absolvierung auch längerer Strecken bieten. Gerade, als ich diese Zeilen schreibe, sitze ich wieder mal in einem Fernbus. Zwölf Stunden Fahrt liegen vor mir. Dies wird meine drittlängste Tour, nach der Jugendfreizeit 1976 und der Fahrt mit einem Greyhound-Bus von Lincoln/Nebraska nach Chicago 1981 (und zurück). Nach Griechenland war's ein privat gecharterter Bus voll pubertierender Teenager beiderlei Geschlechtes, die lärmend und singend (falls darin ein Unterschied zu erkennen gewesen sein mag), spielend und schwätzend, und vor allem unerlaubt Alkohol trinkend die Reise von Bad Salzuflen nach Kap Sounion südlich von Athen (und zurück) in je vier Tagesetappen absolvierten. Heute sind es etwas mehr als zwanzig Menschen verschiedener Altersgruppen, Geschlechter und Nationalitäten auf dem Weg von Berlin nach Chur mit sechs Zwischenhalten. Dass Chur die Hauptstadt des schweizerischen Kantons Graubünden ist, lernte ich, als ich mit einem in Zürich lebenden Schweizer liiert war. Zu ihm führte mich 1998 auch die erwähnte dritte, zehnstündige Busfahrt. Bestrebt, die Eigenheiten des südlichen Nachbarlandes kennenzulernen, fragte ich ihn einmal, wo eigentlich dieses Graubünden läge, von dem ich bislang nur Bündner Fleisch und die von meinen Ohren nicht zu enträtselnde rätoromanische Sprache kannte. Ausgehend von seinem Wohnort Zürich sagte er nur: »*Im Südosten. Also hinten unten.*« Seitdem weiß ich nicht nur, wo Graubünden liegt, sondern kann auch Himmelsrichtungen verständlich beschreiben.

Nun sitze ich also ohrbestöpselt und WLAN-verbunden im hinteren Bereich eines Fernbusses Richtung Süden oder eben *unten*. Dass das Reisen per Bus günstiger als Bahnfahren ist, ist schön, aber nicht ausschlaggebend. Der wahre Grund sind die Mitreisenden. Zwar unterscheiden sich zumindest theoretisch auch in einem Reisebus die Möglichkeiten der Kontaktaufnahme mit anderen Fahrgästen nicht von jenen in Zügen der *Deutschen Bahn*; dennoch befinde ich mich als Nutzer des Fernbusses eher in einer Zweck- denn einer Schicksalsgemeinschaft. Als Teil einer letzteren fühlt man sich als Bahnfahrer nämlich immer öfter. Schon beim Besteigen des Zugs beschleichen den Reisenden die ersten Zweifel, ob die Anschlüsse rechtzeitig und das Ziel pünktlich erreicht werden. Wie entspannt dagegen ist der Start am örtlichen Busbahnhof! Mit einer freundlichen Begrüßung des Fahrers geht es los; nach dem Einscannen des QR-Codes auf dem Ticket ist der Fahrgast als solcher erkannt und muss sich nicht bei jedem Personalwechsel als reiseberechtigt ausweisen. Und auch nicht nach jedem Halt ein »*Noch jemand zugestiegen?*« über sich ergehen lassen.

Mittlerweile ist der erste Zwischenstopp erreicht, aber das von Bahnreisen bekannte Tohuwabohu bleibt aus. Erst als der Bus steht, erheben sich auch die Fahrgäste, die ihr Ziel erreicht haben, packen ihre Habseligkeiten und verlassen nacheinander und gesittet den Bus. Man möge sich eine vergleichbare Situation in der Bahn, oder noch schlimmer: in einem Flugzeug, vorstellen.

Weiter geht's. Etwas Musik gefällig? Dank WLAN kann ich mir die Radiostation selbst aussuchen. Ich entscheide mich für einen Digitalkanal mit mehr oder weniger großen Hits der achtziger Jahre. Während draußen die Landschaft vorbeifliegt, pusten altbekannte Songs den Staub von meinen Erinnerungen. Gibt es nicht zu jedem Lied, das man mag oder einmal gemocht hat, eine Geschichte oder eine bestimmte Person, die plötzlich wieder aus der Versenkung auftaucht? Einen Nutzen muss es doch haben, dass man nicht aufhört, seine Erinnerungen zu machen! Und irgendwann wird dann auch der Moment kommen, an dem man so viele Erinnerungen gesammelt hat, dass man mit ihnen die Zeit verbringen kann.

Aber so weit bin ich noch nicht. Noch lange nicht. Während *Madonna, Limahl, Diana Ross, Bananarama* und ihre Zeitgenossen durch meinen Gehörgang toben, nehme ich das Smartphone zur Hand. In den frühen Zeiten der Handymania, als man das Gerät im

Wesentlichen zum Telefonieren und SMS-Versand nutzte, machten wir uns öfter den Spaß und suchten an gut besuchten Orten per Bluetooth, welche anderen Geräte denn gerade zur Verbindung bereit waren. Wir amüsierten uns besonders über die Namen, die Menschen ihren Mobiltelefonen gegeben hatten – damals muss manches Haustier ob der Kreativität in der Namensfindung vor Neid erblasst sein. Heute gibt es andere Möglichkeiten, die Zeit online totzuschlagen.

Die *Generation Smartphone* bzw. *Tablet* kann sich zum Zeitvertreib eines reichhaltigen Angebots interessanter Apps, zum Beispiel Dating-Plattformen, bedienen. Also stöbere ich, während ich durchs Land rausche, nach dem, was Mütter in den durchmessenen Gegenden zur Welt gebracht und aufgezogen haben mögen. Und es passiert, was passieren muss: Vom heimischen Monitor aus lebten die sich auf den jeweiligen Profilen selbst präsentierenden Sub- und Objekte der Begierde weit genug entfernt, um die schönsten Sehnsüchte zu wecken. Doch jetzt, wo ich mich ihren Gestaden nähere, sinkt der Grad der Begeisterung merkbar. Da kann auch ein fröhliches »*Don't Worry, Be Happy*« – und das ist noch nicht mal ein Song der Achtziger! – nicht darüber hinwegtäuschen, dass das halbe Leben offensichtlich aus Selbstbetrug besteht.

Gerade passieren wir eine Autobahnabfahrt, die mich an eine schöne Geschichte erinnert. Vor einigen Jahren machte ich hier auf dem Weg in den Süden an einem Autohof Station und begab mich nach dem Tanken ins angeschlossene Restaurant. Das bestellte Rührei war völlig versalzen. Ich winkte der Kellnerin und fragte sie, ob der Koch viel-

leicht frisch verliebt sei. Ihrem erstaunten Gesichtsausdruck entnahm ich, dass sie noch nie von der engen Verbindung zwischen Herz und Küche gehört hatte. Wie glücklich darf sich dagegen derjenige schätzen, dem die Kochschulen-Szene aus dem wunderbaren Film »Sabrina« – natürlich dem Original mit Audrey Hepburn! – noch vor Augen ist: »Eins, zwei, neues Ei!« Diesbezüglich aufgeklärt, entschwand die gute Frau – ich vermutete, um nachzufragen, aber sie blieb die Antwort schuldig. Erst als ich die Rechnung einforderte, klärte sie mich auf: Sie habe sich erkundigt, der Koch sei nicht verliebt, dazu sei er schon viel zu lange verheiratet.

Derweil ich das einschlägige Angebot diverser Dating-Apps durchstöbere, übersehe ich fast den jungen Mann, der auf dem Weg zur Toilette meine Sitzreihe passiert. Er sieht die geöffnete App und grinst mir im Vorbeigehen frech ins Gesicht. Ich schaue ihm verblüfft hinterher. Auf dem Rückweg bleibt er neben mir stehen und sagt lächelnd: »Da haben wir wohl ein gemeinsames Hobby!« – und ich kontere, mittlerweile wieder entblüfft: »Bestimmt nicht nur eins!« Er zeigt fragend auf den Platz neben mir, ich nicke – und nach kurzer Zeit sind wir in ein interessantes Gespräch vertieft.

Zweiter Halt. Zeit, die Beine zu vertreten. Wir nehmen die Möglichkeit frischer Luft gerne wahr, ohne den Gesprächsfaden zu unterbrechen. Nach anfänglichem Smalltalk hatte er begonnen, von sich zu erzählen. Er sei mit dem Flugzeug aus England gekommen, wo er studiert, und nun auf Weiterfahrt zu einem großen Familienfest. Wieso er nicht den seinem Heimatort viel näher gelegenen Flughafen gewählt hat, will ich wissen. Er sei so doch viel schneller am Ziel! Er schüttelt mit dem Kopf und unterbricht seine Gedanken, derweil wir wieder unsere Plätze einnehmen. Dann fährt er fort: Er habe recherchiert, die Kombination aus Billigflug und Bus sei die günstigste Variante gewesen. Ich finde auch, dass er eine gute Wahl getroffen hat; man findet selten so einen reizenden, gut aussehenden und offensichtlich intelligenten Reisegefährten. Wir tauschen noch viele weitere Gedanken aus, bevor er zwei Stationen oder dreihundertfünfzig Kilometer weiter aussteigt.

In der Bahn wäre mir so etwas nie passiert. Und ich bin von dieser Begegnung so perplex, dass ich völlig vergesse, ihn nach seinem Profilnamen in der Dating-App zu fragen.

Versetzt!

Als ich jüngst meine Wohnung aufräumte, fiel mir ein lange vergessener Schnellhefter mit meinen Schulzeugnissen in die Hand. Ganz vorne war ein Briefumschlag abgeheftet, der meinen – allerdings falsch geschriebenen – Namen trug. Darinnen: mein allererstes Zeugnis! Datiert auf den 20. März 1964 ist dort zu lesen: »*Mathias* [sic!] *kann gut alleine singen und wird darum in die Gruppe II versetzt.*« Wohlgemerkt: Gruppe – nicht Klasse, denn das Zeugnis war ausgestellt von der Leiterin des Evangelischen Kindergartens in Solingen-Wald, Tante Alida, die wir auch Jahre später bis in ihr hohes und höchstes Alter noch genau so nannten. Nicht *Frau Immer* – nein: immer und ausschließlich *Tante Alida*.

Tante Alida war aber nicht die Einzige, die mich versetzte. Einmal in der Grundschule angekommen, übernahm dies meine Klassenlehrerin Annemarie Rohr. Sie ist der Grund, weshalb ich in den ersten Jahren meine Schulpflicht mit Begeisterung absolvierte. Ich habe sie viele Jahre später noch einmal getroffen, und wir schwelgten in Erinnerungen. Aber auch sie versetzte mich am laufenden Band, so dass ich bereits nach drei Jahren und zwei Monaten aus der vierten Klasse der Grundschule in die Sexta des Gymnasiums wechselte. Kein Wunder – damals wurde der Beginn des Schuljahrs von Ostern auf den Herbst verlegt, und so erledigte ich die Kurzschuljahre quasi im Durchmarsch. Konnte ich bei Tante Alida noch »*gut alleine singen*«, attestierte mir Frau Rohr nach dem ersten Halbjahr der Grundschule: »*Matthias zeigte sehr gute Leistungen*«. Na, immerhin! Und der Name war auch korrekt buchstabiert! Dies waren die letzten nennenswerten persönlichen Bezüge in meinen Schulzeugnissen, sieht man mal davon ab, dass ich in der Obertertia *mit gutem Erfolg am Orchester teilgenommen* habe. Nun ja – ich spielte üblicherweise in der dritten Geige, wo die leisen Kratzgeräusche nicht mehr so deutlich vernehmbar sind. Einmal durfte ich bei einer Aufführung sogar die zweite Geige spielen; aber nicht wegen meines guten Tons, sondern weil es keine dritte Stimme gab. Dies fiel aber niemandem auf, nicht einmal der kunstbeflissenen Direktorengattin, die nach dem Schulkonzert auf mich zustürzte, um mir zu versichern, sie habe überhaupt nicht auf die Musik achten können, weil sie ständig das *klassische Gerschwitz-Profil* habe bewundern müssen. Sie gehörte zwar schon zu den älteren Jahrgängen, bei denen man nicht weiß, ob das reale Erinnerungsvermögen von einer Art Altersmilde beschützt wird, aber ich glaubte ihr. Schließlich war sie in ihrer Schulzeit von meiner unverheirateten Großtante väterlicherseits unterrichtet worden.

Zurück zu den Zeugnissen. Man sollte die Halbwertszeit der oben genannten Belobigungen nicht überbewerten. Einerseits hat sich die im Kindergarten noch gezeigte Qualität meines Gesanges in den letzten fünfzig Jahren drastisch verschlechtert, wie kürzlich angefertigte Videoaufnahmen belegen würden, wenn ich sie nicht vorsichtshalber gelöscht hätte, und auch die Kunst des Geigens hat sich noch vor Beendigung der Gymnasialzeit in die ewigen

Jagdgründe des Kolophoniums verabschiedet. Andererseits wurde das Pauschalpaket der *sehr guten Leistungen* im Laufe der Schuljahre in *Kopfnoten* aufgedröselt. Die Schulfächer absolvierte ich mit wechselhaftem Erfolg; von allen Benotungen konnte ich nur das *Ungenügend* in Worten und später in Punktwerten verhindern. So lavierte ich mich in zwölf Jahren durch dreizehn Schulklassen, bis mich am Ende das Schicksal doch noch ereilte. Ich rasselte durchs Abitur und vergeigte, wenn auch nur knapp, die Nachprüfung. Irgendeine Auswirkung musste es ja gehabt haben, dass mir das Redaktionszimmer der Schülerzeitung näher gelegen hatte als so mancher Kursraum.

Das ist übrigens die offizielle Lesart. Tatsächlich haben wir damals lieber viel Zeit mit feucht-fröhlichen Veranstaltungen des erweiterten Vorstands der Schülermitverwaltung (SMV) im Partykeller des Schulhausmeisters verbracht, zu denen unser legendärer Sport- und Vertrauenslehrer Ralph Risch so manches Fässchen Bier beisteuerte. Diese Begründung hätte meinen Eltern aber nicht gefallen.

Aber auch trotz des Durchrasselns war die Versetzung nicht gefährdet – wohin hätte man mich auch versetzen sollen? Es blieb nur noch die Wiederholung eines Halbjahres bis zur erneuten Abnahme der Abiturprüfungen. Aber wer glaubt, damit hätte es sich gehabt mit dem »versetzt werden«, der irrt.

Apropos irren: »*Es irrt der Mensch, so lang' er strebt*«, lässt Johann Wolfgang von Goethe in *Faust 1 – Prolog im Himmel* den Schöpfer selbst ausgerechnet zu Mephisto sagen, als hätte der deutsche Dichterfürst schon ausgangs des 18. Jahrhunderts die Problematiken moderner Dating-Portale vorausgesehen. Denn hier führt das Streben zu Zweisamkeit oft genug zu *Irrungen und Wirrungen*. Im Gegensatz zu Theodor Fontanes gleichnamigen Roman, in dem eine nicht standesgemäße Liebe die Ursache für das Durcheinander ist, geht es hier um die Tücken bei einer Verabredung.

Verabredung.

Ha!

Da sitzt man nun stundenlang an seinem Computer und versucht, auf virtuelle Weise Menschen kennenzulernen, die einem aus irgendwelchen Gründen gefallen könnten. Gut – früher ging man zu diesem Behufe in Bars, Kneipen oder Diskotheken. Aber warum soll man in die Welt hinaus, wenn man sich die Welt per Mausklick an den Schreibtisch oder aufs Sofa holen kann? Das Übel begann schon vor dem Internet, als man sich mit laut rauschenden 56k-Modems nach einigen Gedenkminuten Wartezeit in das BTX-Angebot von *T-Online* einwählen konnte. Damals wie heute saß man stundenlang vor dem Gerät, surfte, suchte, verglich, bewertete und kontaktierte – bis plötzlich der erlösende Satz fiel:

»Wolln wa uns ma treffen?«

Natürlich willigt man ein, schlägt Datum und Uhrzeit vor und nennt als Ort ein Etablissement, das beiden Seiten gefallen könnte. Für den Fall, dass es zu der vereinbarten frühen Uhrzeit – in Berlin ist bekanntlich alles vor Mitternacht früh am Abend, im Rest des Landes beginnt ab Mitternacht bereits der folgende Tag – also für den unwahrscheinlichen Fall, dass das Etablissement zu dieser

Uhrzeit gut besucht sein sollte, werden noch spezifische Geodaten zum Treffpunkt übermittelt, z. B. »*am ersten Tisch links*« oder »*rechts neben der Bar*«, um zu verhindern, dass die Verabredung an schlichten Unwägbarkeiten scheitern könnte.

»*Alles klar!*«

Alles klar. Ich sollte aus der Vergangenheit gelernt haben, dass dieser Ausdruck lediglich bedeutet, dass der/die/das Gegenüber nicht zugehört hat. Und trotzdem falle ich immer wieder darauf herein ...

Der Zeiger der Uhr rückt unbestechlich auf die vereinbarte Zeit vor, das Aufbrezeln ist erfolgreich absolviert, und für den Weg bleibt auch noch genügend Zeit. Alles im Lot, alles im grünen Bereich. Die Vorfreude steigt. Pünktlich, sogar ein wenig zu früh ist man vor Ort. Die Geodaten stimmen, der Platz an der Bar ist frei. Man ist erwartungsschwanger und gespannt.

Man ist gespannt.

Man ist.

Man.

Mann-o-mann!

Mittlerweile ist die verabredete Uhrzeit vorbei, das akademische Viertel überschritten und die zusätzlich gewährte Verlängerung verronnen. Der Abend wäre *passé, perdu, perduto* ... würde nicht plötzlich die Türe aufgehen und ein Freund, den man schon länger nicht mehr gesehen hat, hereinkommen. Großes »*Guten Abend, guten Abend*«, gefolgt von einem »*wie geht's, wie steht's*« und der Frage, was man denn ausgerechnet an *diesem* Abend zu *dieser* Uhrzeit in *diesem* Etablissement mache. Die Antwort fällt etwas ungenau aus – man möchte sich nicht einer geplatzten Verabredung schämen, zumindest nicht sofort. Zum Glück fragt der Freund nicht weiter nach. So wird der Abend – wenn auch anders als geplant – doch noch ein Gewinn.

Es blieb nicht bei dem einen Mal, dass ich versetzt wurde. Aber als bei jedem Mal der oben erwähnte Freund zur Tür hereinspazierte, wurde ich doch etwas misstrauisch, auch wenn er vehement abstritt, überhaupt einen Computer zu besitzen.

Aber natürlich wurde ich nicht immer versetzt. Bei manchen Verabredungen tauchte der Kandidat nicht nur auf, sondern war auch noch so sympathisch, dass ich sitzen blieb – bei manchem einmal, beim Anderen mehrfach. Das ist der Unterschied zwischen Schule und Leben: Bei einer Verabredung sitzen zu bleiben ist besser, als versetzt zu werden.

Übrigens: Mit zunehmendem Alter nimmt die Versetzungsgefahr ab. Vor allem, wenn man lieber auf dem Sofa sitzenbleibt.

»Die Leute, die nicht zu altern verstehen,
sind die gleichen, die nicht verstanden haben, jung zu sein.«

Marc Chagall
französischer Maler russischer Herkunft
(1887–1985)

Frischfleisch war ich auch mal

»Es gibt nichts Schlimmeres als eine alternde Tunte mit Schnupfen«, sagt Toddy, die alternde Tunte, taschentuchwedelnd in Blake Edwards' wunderbarem Film *Victor, Victoria* aus dem Jahr 1982. Der Schnupfen als Synonym für Vergänglichkeit, für Leiden und Leidensfähigkeit kommt immer dann, wenn man von der Gegenwart im wörtlichen wie auch im übertragenen Sinne die Nase voll hat.

Es gibt kaum etwas Ehrlicheres als alternde Tunten. Sie haben nichts mehr zu verlieren, denn sie glauben, bereits alles verloren zu haben. Wobei *Tunten* hier durchaus liebevoll gemeint ist. Und doch gibt es Schlimmeres als Schnupfen: alternde Tunten, die sich in Alkohol flüchten und der Melancholie anheimfallen. Natürlich geht das auch ohne Alkohol, aber mit geistvollen Getränken ist die Melancholie einfacher. Alkohol als Katalysator, der die Eruption der Trauer befördert. Trauer über dieses, Trauer über jenes. Vor allem aber Trauer über Verluste. Schwule Melancholie ist immer mit Verlusten verbunden. Und die größte Melancholie liegt über dem Verlust der Jugend.

»Früher ..., ja ... da haben wir ..., da waren wir ...«, beginnen viele Erinnerungen, die alternde Tunten jüngeren Generationen aufzupfropfen versuchen, als wäre das die einzige Möglichkeit, etwas von

der eigenen Lebensgeschichte in die Gegenwart, wenn nicht sogar in die Zukunft hinüber zu retten. Wobei *aufpfropfen* der wahrhaftigste Begriff ist, den man in diesem Zusammenhang verwenden kann, denn der Versuch der Geschichtsübertragung erinnert an die Veredelung von Weinstöcken. Und wie sich die Bilder gleichen: In den ersten drei Jahren tragen Weinstöcke nur wenig, ab dem vierten bis zum zwanzigsten Jahr steigt der Ertrag schnell und beständig bis zum Maximum an. In den folgenden Jahren sinkt zwar der Ertrag, aber die Qualität erhöht sich spürbar. Alternde Tunten halten sich nur allzu gerne für alternde Rebstöcke.

»*Ich bin jetzt in einem Alter, in dem die Chancen sinken, aber die Ansprüche steigen*«, lautet das Lebensmotto so manches Schonlangenichtmehrdreißigjährigen, augenzwinkernd ergänzt durch den Hinweis, man sei jetzt »*sexuell besonders für Sammler interessant*«. Nur leider ohne die entsprechende Würdigung durch die jüngeren Generationen, die den Älteren und Alten schon lange einen Platz auf der Fähre über den *Styx* gebucht haben, jenen Fluss, der in der griechischen Mythologie das Reich der Lebenden vom Reich der Toten trennt. Man könnte aus der Not eine Tugend – oder in Analogie zum *Styx* formuliert: aus dem Tod eine Jugend[10] – machen, die Arme trotzig in die Seiten stemmen und »*Jetzt erst recht!*« rufen. Aber hülfe es? Oder betrügt man sich lieber selbst?

»*Mir liegen die älteren Jahrgänge*«, schrieb Werner Richard Heymann der Berliner Kabarettistin Trude Hesterberg 1952 auf

---

[10] »*Aus dem Tod eine Jugend machen*«. Danke, Claudia, für dieses Wortspiel.

die sechzigjährigen Stimmbänder. Und sechsundzwanzig Jahre vorher empfahl Otto Reutter, der zu diesem Zeitpunkt auch schon sechsundfünfzig Lenze auf dem Buckel trug, seinen Zuhörerinnen und Zuhörern: »Nehmen Se'n Alten!« Doch beide Künstler hatten, wie so viele Chanson- und Schlagerinterpreten ihrer und der heutigen Zeit, gut reden. Die wilde Trude empfahl sich den Herren der Schöpfung, und Otto Reutter wandte sich an das angeblich so schwache Geschlecht. Im heterosexuellen Leben stoßen solche Ratschläge vielleicht auf fruchtbaren Boden. Andersrum wären sie verschämt verpufft. Ältere Jahrgänge sind nur selten angesagt.

Doch mancher Verlust ist gar keiner. »Was man nie besessen hat, kann man nicht verlieren«, lautet die Lebensweisheit derer, die das Leben nicht verstanden haben. Viele schwule Männer mit der Ungnade der frühen Geburt hatten nie die entspannte, von Feiern geprägte Jugend, wie sie heute in den Lokalen und Clubs der Szene wie selbstverständlich zelebriert wird. Das erlaubte die bis 1994 gültige Rechtslage nicht. Trauern alternde Tunten also einer Jugend nach, die sie eigentlich nie hatten – die sie nie nach eigener Lust und Laune ausleben konnten?

Ja, vielleicht.

Und doch: nein.

Auch wenn die heutige Selbstverständlichkeit fehlte – ist nicht gerade die Erinnerung an eine Jugend, die mit Beschränkungen, Heimlichkeiten, Ängsten und offenen Diskriminierungen verbunden war, immer mit der Glorifizierung des Kampfs um Freiräume verbunden, um das Suchen und Finden von Gelegenheiten und dem freudigen Genuss eines viel zu oft nur kleinen Glücks? Gegen die Norm. Gegen ein unbegreifliches Gesetz. Gegen die Gesellschaft. Aber immer mit ganzem Herzen und ganzer Seele.

Mein erster Freund beschwor fast eine Katastrophe herauf. Ich besuchte Mitte der achtziger Jahre berufsbegleitend eine Abendakademie und wohnte in einer Wohngemeinschaft (so dachte ich jedenfalls) mit einer Kommilitonin zusammen, die zwar wusste, dass ich schwul bin, sich aber – was ich nicht ahnte – in mich verliebt hatte. Was ihr natürlich nichts nutzte. Aber so lange sich niemand anderes für mich interessierte, war ihr das egal. Bis zu jenem Zeitpunkt, als ich mich in einen Mann verliebte und sie uns *in flagranti* erwischte. Natürlich brach umgehend eine Eiszeit aus, die auch den anderen Kommilitonen nicht verborgen blieb; aber nur die wenigsten von ihnen kannten den wahren Grund. Man sprach nicht darüber. Und da ich mir schnellstmöglich eine eigene Wohnung suchte, reduzierte sich unser Kontakt auf das Notwendigste. Nun hätte die Beziehung zwischen meinem Freund und mir in Ruhe erblühen und ausgelebt werden können – aber auch er hatte eine gute Freundin, die in ihn verliebt war. Und ihn auch mindestens einmal ins Bett gezogen hatte. Denn als es ihr dämmerte, dass er an mir mehr Interesse hatte als an ihr, zog sie das letzte der Weiblichkeit zur Verfügung stehende Register: Sie wurde schwanger.

Mir blieb dieser *andere* Umstand allerdings lange verborgen, denn meinem Freund wurde nach Bekanntwerden der Schwangerschaft der Kontakt zu mir untersagt. Nun ist nichts schlimmer –

abgesehen von alternden Tunten mit wahlweise Schnupfen oder Alkohol – als nicht zu wissen, was um einen herum passiert, obwohl man doch eigentlich irgendwie beteiligt ist. Ich setzte also Himmel und Hölle in Bewegung, um herauszufinden, aus welchem Grunde die Kommunikation verstummt war – und als es mir endlich gelang, musste ich mein Scheitern einsehen. Genauso wenig wie zuvor meine Mitbewohnerin mit einem Mann konkurrieren konnte, konnte ich mit einer Frau konkurrieren; erst recht nicht, da sie ein Kind unter dem Herzen trug. Die Eltern meines nunmehr ehemaligen Freundes waren froh, dass ihr Sohn auf den Weg der heterosexuellen Tugend zurückgefunden hatte, die werdende Mutter war glücklich, das Objekt ihrer Liebe an sich gebunden zu haben, und ihre Eltern wiederum freuten sich auf das Enkelkind. Zurück blieb eine einsame Seele.

Meine.

Als sich später herausstellte, dass die Schwangerschaft aus Verlustängsten nur vorgetäuscht worden war, machte das auch keinen Unterschied mehr. Das kleine Glück, das ich so überschwänglich genießen wollte, war mir durch die Finger geronnen, ohne dass ich etwas dagegen hatte unternehmen können.

Auch nach dreißig Jahren trauere ich dieser Beziehung hinterher – nicht der Jugend und nicht der Zeit, aber diesem einen Menschen, der mich offensichtlich stark konditioniert hat. Kein Wunder, er war ja der Erste. »Beim ersten Mal, da tut's noch weh«, singt Hilde Hildebrand 1943 im Film Große Freiheit Nr. 7 – und meint damit wohl den ersten Liebeskummer. Der erste Liebeskummer ist immer der schlimmste, doch – so geht's in dem Chanson weiter – »*mit der Zeit, so peu-à-peu, gewöhnt man sich daran.*«

Aber gewöhnt man sich wirklich daran? Gewöhnt man sich an Liebeskummer als Resultat einer gescheiterten Beziehung? Kann man sich ans Scheitern gewöhnen? Will man das überhaupt?

Nein, von wollen kann keine Rede sein – aber je älter man wird, desto abgeklärter glaubt man, damit umgehen zu können. Man kennt es doch schon, diese Trauer und dieses Hoffen, diesen Druck und die gleichzeitige Leere ... und doch trifft es immer wieder neu und immer wieder mitten ins Herz. Ähnlich schlimm wie mein erster Liebeskummer war der – derzeit – vorletzte. Wahrscheinlich, weil zwischen diesen beiden Freunden viel Ähnlichkeit bestand. Die Konditionierung auf meinen ersten Freund hatte zwölf Jahre später ihre Entsprechung gefunden. Aber nun lagen fast neunhundert Kilometer zwischen uns, und damit zu viele für zwei Menschen, die ohne gegenseitige Nähe unvollständig waren.

Natürlich waren das nicht die einzigen Beziehungen, und es gab auch ein Leben dazwischen und danach. Im Gegensatz zum landläufig gerne gehörten Sprichwort »*Warum in die Ferne schweifen, wenn das Gute liegt so nah*«, suchte ich oft genug das Weite, in der Hoffnung, das Bessere zu finden. Ob es mich in deutsche oder europäische Großstädte zog, ob ich New York meine Aufwartung machte oder Kalifornien – überall, wo eine Szene, eine *Community* oder eine Ansammlung von einschlägigen Lokalen zu finden ist, wurde man als Neuankömmling interessiert bis abschätzig beäugt. Aber trotz unbestreitbarer Jugend nicht immer als *Frischfleisch*. In Nizza galten Touristen als nicht interessant – *les jeunes hommes niçoises* waren sich selbst genug. In New York lernte ich jemanden kennen, mit dem ich – Google und Facebook sei Dank! – fünfundzwanzig Jahre später immer noch in Kontakt stehen sollte. Leider ist Andrew im Mai 2016 viel zu früh an einem Herzinfarkt verstorben. Und mein bester Freund, mit dem ich diese Reise unternommen hatte, stieß im *Big Apple* auf einen New Yorker, der seine Begeisterung für das *April*, eine Bar in Amsterdam, teilte. In der niederländischen Metropole wiederum schwärmte ich von der ausgesprochen typischen Optik und Ausstrahlung einheimischer Männer, bis sich herausstellte, dass der umschwärmte Herr aus Oberhausen angereist war. In San José, Kalifornien, war man sehr beeindruckt, dass jemand aus *Germany* den Weg in die von San Francisco dominierte Gegend gefunden hatte – und als ich dann etwas später tatsächlich im *Gay Capital of the World* war, ging ich noch als Frischfleisch durch, obwohl ich schon hart an der *35-Lenze-Grenze* kratzte.

Das Geheimnis eines erfüllten Lebens ist nicht das immerwährende Streben nach Neuem, sondern das Erkennen der Kleinigkeiten, die Faszination für das Detail und das Interesse am scheinbar Unwichtigen. Und die Begeisterung für Menschen. Dann ist das Alter unerheblich.

Manchmal, wenn ich mich wegen Schnupfens mit einem Taschentuch ertappe, muss ich lächeln, weil ich an Toddy, die alternde

Tunte aus Blake Edwards' wunderbarem Film *Victor, Victoria* denken muss. Und dann schießt es mir durch den Kopf: Es ist weder Schnupfen noch Alkohol das Schlimmste bei einer alternden Tunte. Es sind die verpassten Gelegenheiten, die nicht gemachten Erinnerungen. Und dann wird mein Lächeln breiter, denn ich kann mich gut erinnern: *Frischfleisch war ich auch mal.*

Matthias Gerschwitz, Jahrgang 1959, wuchs als sechstes und jüngstes Kind einer hochmusikalischen Familie in Solingen auf. Da alle erlernten Instrumente bereits an andere Familienmitglieder vergeben waren, wandte er sich der Faszination für Sprache zu und der daraus resultierenden Möglichkeit, durch Worte Bilder entstehen zu lassen. Nach einem erfolgreich absolvierten Studium an der *FHW Pforzheim* und der *Akademie für Marketing-Kommunikation* in Frankfurt am Main, dem Abschluss »Kommunikationswirt« und beruflichen Stationen in der Markenartikel- und Riechstoffindustrie gründete Matthias Gerschwitz 1992 in Berlin eine eigene Werbeagentur.

Seit 2007 hat Gerschwitz eine Reihe von Büchern veröffentlicht, sowohl nach eigenen Ideen wie auch als Auftragsarbeiten. Bevorzugtes Genre ist das Erzählen von Geschichte anhand von Geschichten, worunter Markenmonographien, Chroniken, aber auch biographische und autobiographisch geprägte Werke zu zählen sind. Seit 2015 sind etliche Kolumnen, Kommentare und Beiträge in Online- und Print-Magazinen hinzugekommen.

Eine Chronik der besonderen Art ist das 2009 erschienene Buch »*Endlich mal was Positives*« über seinen Umgang mit der 1994 festgestellten HIV-Infektion. Gerschwitz bietet mit diesem und dem 2015 hinzugekommenen zweiten Band Lesungen im deutschsprachigen Raum an: Im Rahmen der HIV-Prävention kann er seit 2010 auf mittlerweile über 250 Veranstaltungen in Schulen und anderen Bildungseinrichtungen, aber auch z. B. in Jugendstrafanstalten, zurückblicken. 2015 erschien mit »*Beyond the Virus*« eine englische Ausgabe, die weltweit erhältlich ist.

Website: www.matthias-gerschwitz.de

Bernd Zeller, Zeichner, Satiriker, Autor, Gagmacher u. a. für Harald-Schmidt-Show und ähnliche Formate, seit 1993 Cartoonist für *zitty Berlin*, Karikaturist u. a. für *Die Welt, Berliner Zeitung, Die Presse, Eulenspiegel, Thüringer Allgemeine, Süddeutsche Zeitung, huffingtonpost.de*,  1999 Buch »101 Gründe, nicht zu studieren«, 2000 Buch »101 Gründe, kein Ossi zu sein«, 2000 *Titanic*-Redakteur, 2004 Wiedergründung von *pardon*; weitere Bücher: »Trockenzonen«, »Lost Merkel«, »Warum Kinder nicht einschlafen und Eltern nicht aus-«, »Robin Kruhse«, »Welches Tier passt zu mir?«, »Hat sich die Wende überhaupt gelohnt? Der große Vergleich DDR – EU«, »Fantoma und der Vampirbuddha«, »Überraschung! – Das ultimative Geschenkbuch«.

Weitere Bücher von Matthias Gerschwitz

Endlich mal was Positives
Offensiv und optimistisch: Mein Umgang mit HIV

Es gibt viele Bücher zu HIV und AIDS, aber nur wenige, die einen direkten Einblick in das Leben mit dem Virus geben. In »Endlich mal was Positives« beschreibt Matthias Gerschwitz, der 1994 das Testergebnis HIV positiv erhielt, seinen Umgang mit der Infektion ohne Larmoyanz oder Betroffenheitspathos, sondern optimistisch und zuweilen auch etwas provokativ. Das Buch zeigt, dass man auch mit HIV das Lachen nicht verlernen muss und mit einer unheilbaren Krankheit zukunftsorientiert leben kann. Und das ist doch wirklich mal was Positives.

ISBN: 978-3-83911-843-6

Endlich mal was Positives (Band 2)
Interessant und informativ:
Wissenswertes zu HIV & AIDS

Viele Menschen fühlen sich nicht ausreichend über HIV und AIDS informiert. Das Resultat sind diffuse Ängste bis zur Phobie, offene Diskriminierung der Infizierten sowie eine eklatante Fehleinschätzung des medizinischen Fortschritts.
Ein Grund mehr, die aktuelle Situation zu beleuchten, denn: Auch mit HIV muss man heute nicht mehr ansteckend sein. In zwanzig Kapiteln widmet sich das Buch relevanten Themen rund um die Infektion: Fehler in der Symptomdeutung, Schutzmaßnahmen, HIV und Frauen, HIV in der Beziehung, die Darstellung in den Medien, Diskriminierung und Kriminalisierung. Informationen zu Forschungsansätzen und skurrile Verschwörungstheorien dürfen ebenso wenig fehlen wie eine Zeittafel sowie Filmempfehlungen.

ISBN: 978-3-73473-478-6

Pizza Panorama
Reiseinspirationen vom Gardasee

Wer heute nach Italien reist, begibt sich – ob bewusst oder unbewusst – auf die Spuren der ›Italienischen Reise‹, die Johann Wolfgang von Goethe von September 1786 bis Mai 1788 unternahm und bei der er auch am Gardasee Station machte.
Matthias Gerschwitz hat sich vom größten See Italiens und seiner unvergleichlichen Umgebung mit den Städten Riva del Garda, Torbole, Limone sul Garda und Malcesine inspirieren lassen. Herausgekommen ist dabei ein Reigen an subjektiven Eindrücken.

ISBN: 978-3-73577-900-7

Martin Gerschwitz
(Herausgeber: Matthias Gerschwitz)

I only look loud
Leben auf und hinter der Bühne

In ‚I only look loud – Leben auf und hinter der Bühne' erzählt der seit den 80er Jahren in Kalifornien lebende Keyboarder und Profimusiker Martin ‚Martino' Gerschwitz aus seinem bewegten Leben.
Vor mehr als fünfzig Jahren startete seine Karriere mit einem Klavierkonzert bei einer Schulveranstaltung, danach kamen verschiedene Bands, Mitte der 80er Jahre der Umzug nach Kalifornien. Er hatte die große Ehre und Freude, mit ein paar wirklich berühmten Leuten wie z. B. Bon Jovi, Meat Loaf, Led Zeppelin, Vanilla Fudge, Eric Burdon, Iron Butterfly und anderen zu arbeiten. Heute tourt er (nicht nur) mit eigenen Songs die US-amerikanische Westküste von Oregon bis Südkalifornien entlang und ist ein oder zwei Mal im Jahr auch in Deutschland zu erleben.

ISBN: 978-3-84480-083-8

Alle Informationen zu Büchern von
Matthias Gerschwitz unter

www.matthias-gerschwitz.de/buecher